不负江南不负春

Bu Fu
Jiang Nan
Bu Fu Chun

郑静 著

上海文化出版社

图书在版编目（CIP）数据

不负江南不负春 / 郑静著. -- 上海：上海文化出版社，2025. 3. -- ISBN 978-7-5535-3114-4

Ⅰ. I267

中国国家版本馆 CIP 数据核字第 2025ZZ1278 号

出 版 人　姜逸青
责任编辑　黄慧鸣
插　　图　施晨政
装帧设计　汤　靖

书　　名	不负江南不负春	
作　　者	郑　静	
出　　版	上海世纪出版集团　上海文化出版社	
地　　址	上海市闵行区号景路 159 弄 A 座 3 楼　201101	
发　　行	上海文艺出版社发行中心	
	上海市闵行区号景路 159 弄 A 座 2 楼　201101　www.ewen.co	
印　　刷	苏州市越洋印刷有限公司	
开　　本	787×1092　1/32	
印　　张	8.75（附赠手账一册）	
版　　次	2025 年 3 月第一版　2025 年 3 月第一次印刷	
书　　号	ISBN 978-7-5535-3114-4/I. 1198	
定　　价	78.00 元	

告 读 者　如发现本书有质量问题请与印刷厂质量科联系
　　　　　（T：0512-68180628）

序

用江南记忆江南　用生活治愈生活

　　今年的黄梅季，没再浸梅子酒。书架上还留着一罐旧年的杨梅酒没开封，杨梅浸得开始有些褪色，那种红，古人就叫做退红，又叫弗肯红。"弗肯，弗肯"，江南人念起来，别有古韵。梅子退红，酒的颜色倒是越来越深，越来越黏稠，封口处被糖浆粘得牢牢的。我去看过一次，觉着打开它是要费点气力的，所以就搁置了。没想到，一放就是一年，又是一年。很多事情就是这样，一旦放下，可能就是长久，甚至久到永远，没有止境。

　　有一坛旧年的在那，就像念想有了着落，所以梅子再黄时，也就不想着去泡新的了。其实，仔细想想，青梅也好，杨梅也罢，我更欢喜的是每到时令，去摆弄这些琐事，至于喝，早就不太在意了。闲散的午后，把那些梅子、冰糖依次滚进坛子里，倒入高粱酒，要那种高度的才好，伴着那咕嘟咕嘟的声响，很爽气地倒进去，一股香气冲出来，就是这味道让我觉着十分放心，封口、放好，我知道，等开封的时候，酒一定是香醇的、浓稠的，有着漂亮的颜色，一坛子琥珀，一坛子胭脂。

江南的梅雨季是漫长的，漫长到把每一天都浸在雨水中，淅淅沥沥的，无穷无尽。这种时候，到处都湿乎乎、黏答答的。像块拧不干的帕子，捏在手里，本想用它来擦干额前的雨水，可最后连着手心，也一起潮扭扭的。最后不如就放弃了，潮湿就是梅雨季的品性，天生的。

老人家常把很多说不清道不明的事情，都归结在这天生的上。上海话叫做"生相的"。是的，生下来就这样，后天要改是蛮难的。这种娘胎里带出来，生相的性格，是怎么样就是怎么样。江南人的品性，就适合江南这地方，从小到大，每一年都会遇到梅雨，湿漉漉地来，湿漉漉地去。

所以，从小就晓得这个时候该做些什么，用什么来打发这漫长的日子。入梅前，蔷薇正好，艾草芳香，包粽子挂香包，端午日听段评弹，《断桥相会》，那天也是落雨的日子，白娘娘遇见了许仙，天上人间有了新姻缘。入梅初，遇到夏至，夜最短日最长，长到能好好地吃一顿夜饭。那天，江南人家要吃面，长长的面，配着长长的闲话，像是要把春日里没说完的闲话，都好好再说一遍。

日盼夜盼，盼到将要出梅，老天又反悔，拖了再拖，天才努力地晴起来。出梅接着头伏，连接着的高温，绿豆汤、花露水、栀子花，弄堂里的评弹折子，换成了"香莲碧水动风凉，水动风凉夏日长"，蒋调的《莺莺操琴》，叮叮咚咚飘在闷热的午后。这样的夏日记忆，一直印在江南人的心里，每一个夏天，都会翻腾出来，回忆一次。

江南，从来不只是我们见到的粉墙黛瓦，小桥流水人家；江南，是记忆中的四季风物，软语闲话，是黄昏时弄堂里的暖锅与甜羹。那些日常，那些换成普通话就表达不出的婉转多姿，就非得一迭声的尖团音，才有着你侬我侬的情韵。

不负江南不负春；长日夏，碧莲香；秋冬的梧桐叶黄绿相间，把四季缠绵在每一片叶子里，揉碎了，又是一年春来到。

用江南记忆江南，用生活治愈生活。这样的江南，才是风景旧曾谙。

目 录

草木江南草木香

闲梦江南梅熟日，夜船吹笛雨潇潇

节物岂不好，秋怀何黯然

晚来天欲雪，能饮一杯无

若到江南赶上春，千万和春住

我爱江南一抹绿

自从给自己取了"绿色蝴蝶"这个网名，似乎就和绿色分不开了。年轻的同行称我一声"绿老师"，我欣然答应，聊上几句行里行外的闲话。朋友送我礼物，也会有意无意地选绿色，倒也样样送到我心坎里。于是家里陆续多了不少绿色的物件，绿花瓶、绿餐盘、绿色铸铁锅、绿色茶巾，深深浅浅，盈盈袅袅，都是我日常欢喜用的。

细细想来，若是哪天我给绿色著书立说，一定先给她做个族谱，我想她的祖籍应该是在江南。吴侬软语，枕水人家，这里的四季随处都能见到绿色身影，梳理个来龙去脉不是件难事。

譬如江南的风，自带青绿色的滤镜，春风又绿江南岸，就是所有故事的开始。

春天的荠菜、枸杞芽、菊花脑是绿的；夏天的莲子、绿豆汤是绿的；秋天的水八仙里菱角、莼菜也是绿的；还有冬天的塌菜、矮脚青，绿得浓郁但也养眼。

江南的绿是糯的，像清明时节的青团，一口咬下去，糯答答香津津。若是没有这糯，那里面的甜也少了风情。江南的绿是雅的，如同明前雨后的新茶，娇贵得很。龙井也好，碧螺春也好，都得茶客耐住性子才能尝出它的好。所谓风雅，大抵不过是舍得花时间花精力，做些看似平常而又不实用的事情。比如看海棠花开，听雨打芭蕉，读书品画闻香，这种闲情逸致，样样都适合配盏新茶，那份新绿，端的刚刚好。

还有江南的雨，穿过柳丝竹叶的春雨、催熟了梅子的梅雨都是绿的。夏雨连绵，落在接天莲叶上，自也被染成绿色。江南的冬天难得下雪，雨倒是一直很缠绵，不方便出门的日子，摆弄一盘水仙，看着绿油油的叶子恣意舒展，这雨也变得有些情趣。江南的生活是适意的，所以想来这绿色，也应该这种秉性。不争不抢，不蔓不枝，躺在自己的园子里，看看云卷云舒，随便隔岸马蹄疾。

选几个江南的绿色，讲讲故事。除了常见的石绿、青绿，有几种绿更婉约，甚至连名字都隐去了"绿"字，但见字如面，那抹绿意上了心头，久久不会消散。

一曰"天水碧"：碧，从字面上看就是青绿色的玉石。诗人用"碧玉妆成"来形容柳树的美，那种淡淡的绿，是春天的颜色。天水碧相传和南唐后主李煜有关，这个被身份所困的男人，皇帝做得一塌糊涂，江山守不住，诗词上是一流的。爱好风雅的男人也自有懂得享乐的女人做伴。据说他的一个妃子在染绿丝帛的时候，无意中让它沾染了夜间的露水，这绿色就成了"天水碧"色。估计那一夜，浓睡不消残酒，更深露重，倒是成就了这抹绿色，更轻盈更通透。

一曰"竹叶青"：竹叶青是茶，是酒，也是中国传统色。竹子通体绿色，但竹叶的颜色更青翠。诗经有云"瞻彼淇奥，绿竹青青"，在这竹林边有君子，"如切如磋，如琢如磨"，这君子不但学问好，衣品也好，耳边戴美玉，帽子上镶宝石，更难得是谈吐还幽默，"善戏谑兮，不为虐兮"，这抹青绿，应该是懂爱情的。

一曰"芰荷"：芰是菱角叶，荷是荷叶。江南可采莲，莲叶何田田，这荷塘就是满眼的芰荷色。这种颜色，屈原屈大夫也喜欢，他在《楚辞·离骚》中写道："制芰荷以为衣兮，集芙蓉以为裳。"意思是我要用荷叶裁剪做成上衣，那配套的下裳就用芙蓉花做成。大自然既然做了红绿配色，诗人也欣然取之。不晓得如今爱好古风装扮的姑娘们，会不会如此穿搭，说不定也特别出片。

天水碧、竹叶青、夏芰荷，还有豆绿、苔绿、秋香绿，江南的绿色一抹一抹看过来，多少我也都能说上一二，权当解闷。只是，你若问江南的蝴蝶可有绿色的，这我真的不知。欲说还休，欲说还休，却道天凉好个秋！

这个倒春寒有点长，但春信还是来了

这两天的江南，入了春。风是吹面不寒杨柳风，雨是沾衣欲湿杏花雨。

春风又绿江南岸，那绿是从田头开始的。住在城里，见不到田垄，但小区零星的绿地里早有新芽冒出来。蒲公英、酢浆草，还有一些叫不上名的。都是小小的，嫩嫩的，连成一片，也是绿茸茸的。就像明前的碧螺春，上面总笼着层绿绒，新鲜的春芽就是这么娇嫩。

对，这绿也是从茶杯里开始的。喝了一个秋冬的陈茶，今年的新茶快有盼头了。龙井、碧螺春，这两样足矣，至于安吉的白茶、黄山的毛峰，则是多一杯不多，少一杯不少，锦上添花，换换口味也是极好的。人的口味也是固执，喝惯了就是最好。当杯中的茶叶换上了今年的新芽，那春天才是真的到了。

春风来不远，只在屋东头，转眼就绿了厨房，绿了餐桌。这个时节，草头有了，豆苗有了，荠菜时不时地也有了。还有那正当季的菜秸最是可人，绿绿的叶中抽出菜薹，顶着花含着朵。这样的菜秸最是鲜美，只是清炒就好，有点清甜，有点微苦，这就是春天的味道。清香中带着青涩，一切都是刚开始的样子。

春风不会忘了姑娘们，拂过一阵又一阵。换下冬衣，换下闷闷的颜色，换上春装，换上桃红柳绿。那绿在衣领、在裙裾，在指甲的描花上，描一朵桃花，一片绿叶，十指跳动，春意绵绵全在那打出的一行行话语里。

春雨忽听忆江南，那雨中听到的自是江南的好。一夜好雨，当春乃发生。春雨中破土而出的是田里的秧苗，春雨润物细无声，生长也总在无声中慢慢开始。农家的希望就在这秧苗里，一天天地盼着。

一夜春雨，明早深巷里不一定能看到叫卖杏花的，但枝头上的桃花、茶花倒是照样开得艳。花下落红一阵，深深浅浅，要化成春泥那是且等些时候，但落英缤纷的美倒是也可看上一会儿。

一夜春雨，街上湿漉漉的，润如酥。这个酥，不是酥皮，也不是酥糖，而是酥酪，薄薄的，可以挂浆，可以如线一样地滴下来。这种酥才润。城里的街两边立着梧桐，刚生出的新叶上挂着雨滴，风一吹过，飘落下来。店铺前的招牌上蒙着雨水，也是那样湿漉漉的，花店开得晚，咖啡店早早地开门了，路过时，一阵香气飘过。这是这个城特有的味道。城的一天是从咖啡香里苏醒过来的，还有可颂的味道。

门上叮咚作响的风铃，每响一次，就有一个妙人儿苏醒过来，惺忪着双眼。

一夜春雨，潮气回升，清晨又有些微冷。裹上围巾出门，那细密的雨丝落在头发上、睫毛上，身上，不一会儿就湿答答的。如果遇到倒春寒，那份湿冷更是难过。

倒春寒，江南春日里最难将息的日子。棉衣不敢洗，热空调不敢断，也许昨日还可以春衫摇曳，明日就得重新披上被子一样的鸭绒衫，佝头缩颈地站在寒风里。那时的风，那时的雨，一点也不诗情画意，把冬日的那点凄冷重新上演一遍。

倒春寒，最难过的还是心。明明已经感受过春的暖和，但瞬间又降温，何时再回暖，又遥遥无期。拆了包装的春装依旧挂回去，那双浅口鞋也依旧放好。寒从脚下升，短靴厚袜还得再穿些时候。

倒春寒里，咖啡要喝热的，茶要喝浓的，陈年的花茶滚烫一杯，捧在手里，才觉着舒服。成都的花茶用雀舌做底，熏上茉莉，叫做碧潭飘雪。冲茶的时候挑个干净的茶碗，滚水下去，茉莉起起伏伏，也是雅致。

倒春寒里，风不含情水不含笑。倒春寒里，街上人少，店铺萧态。倒春寒里，一切如同按下了慢速键。这个倒春寒，有点长。

倒春寒里，宜居家，宜喝热饮，慢慢待春天。

折杨柳，留住春日依依

记不清上一次看垂柳是什么时候了。一定不是去年，已经有好几个春天，没有正儿八经地出去踏青。不错，公园里也有柳树，二月的春风一样会剪刀般地裁剪柳叶，一条条垂下；马路上，或是小区里也时不时地能看到几株，忍过倒春寒，就开始发芽，远远望去有层淡淡的绿色。

但这和记忆中的翠柳总还是有着距离，说不清道不明的距离。

旧日的色谱中，有一种绿就叫柳绿。传统的颜色不用固定的数字标号，从大自然中找一个参照物，就能用它来取名。比如藕色、湖蓝、胭脂，提起这些，眼前就能浮现出画面。这画里设色均匀，带着倩影，带着花香。

单是绿，就有豆绿、水绿、松花绿各种，深深浅浅，各有不同。这么多种绿比在一起，可能只差那么一点，也就是这一点，就有太多韵味。苏绣中那套色的针法，各种颜色一针一针绣在绸缎上，那些花呀朵呀，才能这么娇媚。展开一卷画，那里的山，一层一层地上色，远山近水，是绿，又非相同的绿，这才是画意。

是的，在心里。对于垂柳，记忆也许就一直停留在那。对，也不对，静下来想想，应该是在故纸堆里。

"碧玉妆成一树高，万条垂下绿丝绦"，从小就背诵的诗句，让柳树的模样就这么定格下来。柳条低垂，柳色如玉。这样的柳树应该是在西湖边，柳浪闻莺，春水荡漾，绿映红。南宋的皇帝打仗不行，但对于审美，都各有心得。一脉相承的文人气象，让临安承载着太多的诗情画意。这西湖一景，曾是南宋孝宗皇帝为高宗修建的御花园。两人所谓父子，却不是亲生血脉。在皇位和江山面前，亲情总得往后让一让。高宗赵构，是宋徽宗的九皇子，风云跌宕做了南宋的第一个皇帝。就是因他，岳飞留下"满江红"悲愤而死，而他，将皇位让给了侄儿后，也只有在这西湖边赏柳看花，任凭孝宗去翻案，看着后辈做一世明君。

西湖水滋养着两岸的柳树，醉柳、狮柳、浣纱柳，早春三月，这份绿就开始渲染，从浅到深，把一池湖水淡妆浓抹。

临安的翠柳摇曳生姿，可汴京的杨柳却平添了几分凄凉。凡有井水处，皆能歌柳词，这婉约的柳词，一不小心惹恼了皇帝，大笔一挥让诗人留在民间，不得入朝。科举无望，"香帏睡起，发妆酒酽，红脸杏花春"，少年游的恣意也变得了然无趣。诗人决定离开伤心地，"多情自古伤离别，更那堪冷落清秋节"。没了好友相伴，连知己虫娘也成往事，酒醒后，只剩杨柳岸，晓风残月。

在诗的世界里，柳有"留"的寓意。诗经中有"昔我往矣，杨柳依依"，留住的是出征前对家的依恋，雨雪霏霏的回家路上，期待着明年的春天能再见到柳树发芽的美景。

折一枝杨柳送别友人，听一曲汉乐，何人不起故园情。谪仙李白旅居洛阳，春日里客舍青青柳色新，白日里可饮酒放歌，这忧思唯有托付散入夜间的玉笛声。

折柳离别，绿意终有褪去的时候，那份相思更是愁煞人。纸短情长，当唐诗宋词都写不尽的时候，杂剧给了文人尽情发挥的舞台。牡丹亭边，柳梦梅拾得画轴，断井颓垣边也似姹紫嫣红开遍。那一往而深的情，自是因柳而起。

黄半未匀的柳是诗人眼中的新春，清景里没有嬉闹的看花人，花似锦的上林苑，不如清雅来得好。

待到浓绿成荫的时候，柳树则是烟火人家的日常。丰子恺的画中，屋舍边，柳树下，友人相聚，品茶看花；妇人洗衣，孩童嬉闹，郎骑竹马，两小无猜。那垂下的绿丝绦，一条又一条，浅绿深绿和柳绿。

二分春色是芦蒿

盼了一个冬天的，除了柳梢上的那抹绿之外，就是菜篮子里的春色了。荠菜、马兰头、枸杞芽，样样都是应季的恩物。那种带着点清香，带着点苦茵茵的味道，反倒让人口齿生津。回味带着甘甜，让沉睡了一个冬天的味蕾，还有脑袋，慢慢地苏醒回来。

这些芽苗，大多清秀俊俏，有点江南女子的模样，可芦蒿就完全不同。它修长挺拔，裹挟着浓烈的气息，一副豪气凌厉的派头，有它在，三分春色，倒被占去了两分。芦蒿，就是《红楼梦》里的凤姐，未见其人，先声夺人。

芦蒿，据说故乡在南京。南京人一到春天就引以为豪地开始歌颂它，但再精妙的文字也写不全它的色香味。还是一盘盘的小菜，来得更直接。芦蒿可以清炒，也可以炒香干，炒咸肉，宜荤宜素。但其实不管怎样，它的味道都不会被别的食材所掩盖。你荤腥也好，素味也罢，芦蒿就那么坚持着自己的脾性，你去搭它可以，让它改变，是半分可能都没有。所以我一直觉着，对于芦蒿来说，配菜都是多余的，唯独能增色的是辣椒。就是那种小小的红辣椒，切成极细的丝，一起下油锅翻炒，辣味若有若无地融在其中，它飘浮在香气上面，先是辛辣再是清香，也顶多是个前奏而已。

香，可以是直入心扉的，也可以是绵柔悠长的。绵柔悠长的拥有众多粉丝，它可浓可淡，因人而异做些改变。直入心扉的，则会让人爱憎分明，不喜欢的说再多道理，摆再多事实，也是不喜欢。芦蒿的香，就属于这种。香气里带着些中草药的味道，很多人怎么也接受不了。有老中医会说，这种味道正是芦蒿的妙处，它清火去燥，是凉性的好食材。中国人相信药食同源，食补大于药补，但这种动不动就上纲上线的说法，是很煞风景的。再好的食材一归于药性上，它就少了份滋味，吃起来总让人想起身上七疼八痛的。食不知味，估计说的就是这种感觉。

早几年的上海菜场里见不大到芦蒿的影子。慢慢地，有了塑料袋里包装好的芦蒿，很不起眼地摆放在那儿。袋装的芦蒿多是蔬菜大棚里出品，极细极细的样子，吃起来完全没有香气。芦蒿要有芦蒿的样子，要粗而不老，绿而不盛，就那么敞亮地堆在那儿。厨房里张罗惯的主妇，挑一根，手指掐一下，便知道是否新鲜。其实哪用动手，只靠闻就能辨别出来。那么大堆的芦蒿，香气浓烈，毫不掩饰它的好，傲娇得很。

大好春日，炒一盘嫩嫩的芦蒿，几丝红椒相配，这才是知否知否，应是绿肥红瘦。

红楼枸杞芽

每到枸杞芽上市，识文断字的读书人，总会念叨这是《红楼梦》里也提到过的时鲜风物。是的，我就属于那爱掉书袋，又特别喜欢讲红楼段子的人，自然是记得枸杞芽的那篇。要讲那就干脆讲个明白，说段子么，就该有个说书的样子。若是此时手里有块惊堂木，我定是要重重拍上一记，各位看官注意，故事是这样的。

话说《红楼梦》第六十一回，管厨房的柳家媳妇和小丫头莲花吵架，一个吵得脸红脖子粗，一个吵得直跺脚，真真难分胜负。这小丫头莲花是二姑娘迎春房里的，不过到厨房来不是为了姑娘的事情，而是受了司棋的吩咐。这司棋本是迎春身边的大丫鬟，仗着姑娘宠她，又有几分姿色，家里的父母还是贾府的老人，平日里被人高看一等惯了。她想吃那种嫩嫩的鸡蛋羹，就让再下等的小丫头莲花去厨房里吩咐厨娘们备上一碗。这厨房里管事手里也是有点实权的，平日里这些婆娘本来就看不惯年轻的丫鬟在那拿大，这会子还使唤人来差她们做事情，自然是一百个推脱不愿意。

要知道能进大观园里伺候小姐少爷们的丫鬟没一个是省油的灯，各个伶牙俐齿。莲花就和柳家媳妇争辩，为什么不能答应做鸡蛋羹。柳家媳妇就摆出府里的规矩来，意思说这各房的菜式、分量都是有定额的，不能随便添加，否则就乱了身份。为此她特别举了个例子。各位客官注意，说了这么多，枸杞芽终于要出场了。

　　对，就是枸杞芽，这本是一道春日里的芽菜，在那时候不值几个钱。在厨子眼里远没有鸡鸭鱼肉金贵，也没有茄鲞、莲叶羹那么难做，说不定都不太出现在贾府里的菜单水牌上。也万万没想到，那个春天，三姑娘探春突然就想念起来。也许是在作诗的时候，也许是在商议管家事宜的时候，想起这清香爽口的滋味来。不但她，而且连宝钗也一起动了这念头。

　　想想看，宝姑娘一向看起来清心寡欲，在贾府里又特别地克己复礼，自己房间的摆设能轻减的都轻减，在吃食上也从来没有什么特殊的要求。唯独想办个螃蟹宴，也是为帮衬史湘云，而且还嘱咐自家哥哥去打理，绝对不会麻烦贾府半分。这会子想增添个小菜，真是极为难得。

　　初春时候，江南的芽菜排着队上市。枸杞、草头、马兰头、芦蒿，都是那种绿油油、鲜嫩嫩的，看着就让人心生欢喜。不用什么大荤来搭配，就这么简单清炒下，一筷子下去，满是清香，这就是春天的味道。江南的春天就是这么鲜嫩清香。

枸杞芽是枸杞的嫩梢，掐得嫩嫩的才好吃。一年也就半个月的时候，吃不上几回，温度一高，枸杞就疯长，芽叶老了舒展开了，也就不好吃了。所以江南的食客，总是一开春就惦念上，只要遇见那是绝对不会错过。稍不留意，就得再等上一年，心痛呀。

贾府里的小姐们养尊处优，吃食上一向是精细惯的，可对于枸杞芽却不能忘怀。其实不管是枸杞芽，还有什么芦蒿、灰菜干，这种乡野的味道她们也都是喜欢的，偶尔调剂上口味，觉得十分新鲜。按刘姥姥的说法，自己觉得天天吃鸡鸭鱼肉才好，乡下农家才不这么想念这种野菜。可惜自家吃不起好菜式，只能简单过日子。至于说田头种的嫩尖，肯定是好吃的，一来舍不得掐了，要等它长大了才好去卖了换银子；二来收了那些，还要先送进贾府孝敬贵人，好换来些照拂。日子和这嫩芽一样，得精打细算着过。

大观园里也有片园子，种了点瓜菜。但按贾母的说法，远没有刘姥姥她们田里种的好。所以探春和宝钗想吃枸杞芽，也得让厨房去采买备好，而且两人管家又特别守规矩，专门给了柳家媳妇五百钱，不动用公家的额度。

按书里说大观园里上下四五十个人，一天的伙食大致需要花费一吊钱的样子，这五百钱也就是半吊，抵得上一半的花销了。柳家媳妇说两个姑娘就算是大肚弥勒，也是吃不完这么多银子的。

　　吃不完也好，吃得完也好，三姑娘出手就是这么大方，让上上下下说不出什么来。她和宝姐姐想吃的味道也简单，就是油盐清炒，就想图个清香。不过这枸杞芽微苦，单放这两味佐料可不行。要想好吃，还得加点糖加点生抽，这样才能盖住苦涩，吊出鲜味来。

　　大观园里的春天，一厢花红柳绿，春光灿烂；另一厢暗潮涌动，针尖麦芒相斗，真是好不热闹。春光易逝，花开不可错过；枸杞芽易老，且尝且珍惜。

明前的刀鱼与阴冷

清明前的天气，总有点死样怪气，阴冷，还潮。一个星期见不到太阳，还总是下不停的雨，比三九天还要冷。三九天的冷是爽气的，冷得清爽冷得明白，大家裹好棉服，捂得严实，做好心理准备再出门。可说不定遇到晴天，太阳底下倒是暖洋洋的，走几步反倒出点细汗，帽子围巾也要戴不上，松快一些，闻闻空气中还带着点蜡梅的香气，干净了，就能觉得出美了。

可这段日子的冷，是那种说不清道不尽的。明明已经开春，可寒冬里的棉服还是甩不掉，仍得天天裹在身上，而且裹得更紧更严实。就像一段感情，好不容易已经结束，可总有各种纠缠不清，就是不能利索地理清楚。

剪不断理还乱，那就干脆不理了。冷，就让它冷，潮就让它潮，回到家脱去棉衣，倒是轻松了许多。再怎么说，毕竟是春天，日子的缝隙里总是会透出点新鲜，让人觉着有些春意。比如这茶，有了新茶，旧年的陈茶就先放一放；比如这春笋、荠菜、螺蛳，春日的时鲜让晚饭变得有些盼头，让年节里的那些酱鸭、咸鸡，也先放一放，若是再添一盘清蒸刀鱼，那真得是什么都好先放一放，牢骚话也该收收。

刀鱼，什么时候都难得，不管是旧年，还是如今。价格高，味道好，量又少，一年中也就这时候能吃上那么一回两回的。因为难得，所以珍惜，说好了有刀鱼的晚饭，那一定要早些回来，不要在外耽搁太晚。那种情境，不像是品尝美味，倒像是好友小聚，分外期盼。所以手边的事情只要不是火烧眉毛的，就可以先放一放。

刀鱼，自然是清蒸的好。这没什么好争论的，一直就是这样，要尝它的鲜，自然不用猛火重料，手法轻盈一点，滋味反倒更好。一点葱姜，一点黄酒，再加一点猪油，还有少不了添一勺糖。不用多，少少的量就好，提鲜又能添滋味。大火烧开，隔水蒸，也就几分钟的时间，就能好，所以不着急，先把其他小菜准备好，最后再说。

月上树梢，小雨不停，屋内的电灯一盏一盏点亮，开门关门，开门再关门，陆陆续续家人都回来了，那些荤的素的，热汤热饭也都准备停当。开始蒸刀鱼了，五分钟后，厨房里传出一声"桌子中间留个位置，刀鱼好了"。赶紧把其他小菜往桌边放放，空出中间位置，那是留给刀鱼的。

刀鱼上桌，热气腾腾，大家相让谁也不下筷子。从小规矩做好的，菜上桌，长辈不动筷子，谁也不好争先，不管是山珍海味，还是青菜豆腐，都一样。长辈总也疼爱小辈，隔代更是宠一些，先搛一筷子给小孩子尝尝味道，然后大家自是可以随意了。

尝一下，鲜美的。小心翼翼地剔出鱼刺，一根又一根，一排又一排，再小心翼翼地剥出鱼肉，给身边的小囡也尝尝味道。刀鱼刺多，好在大多柔软，不像鲫鱼，不小心一根下去，那真是要了性命。

"今年的刀鱼价钿大哦？"

"贵，总是贵的。但一年难得这么一次，狠狠心，也还是值得的！"

"新鲜是真新鲜，味道也是调得刚刚好！"

"好吃么，就多吃点，再遇到又要等一年了。"

这样的对话，每年大多如此。也是，好的念想也就这么多，彼此感慨一下，缺了，好似刀鱼也少了味道。

吃过念过，这一年的人生又圆满了一次。至于这雨，要下就让它继续下吧，这天要冷，就让它继续冷吧。总有回暖的时候，算算日子，应该也是不远了。

春日韭黄

和清明节的青团、中秋节的月饼一样，有些东西一到节气就会让人惦念。见了、吃了，也就作罢，再见就是又一个春秋。它是好，但更多的是带着份不一样的气息，每到这个时候，就会让人想起，不由自主地。

每个春天，韭菜是要吃的，头刀韭菜鲜美肥厚，宽宽的叶子全是春天的味道。有了韭菜，就必然会想起韭黄。有说韭黄是韭菜的青春，也就是更嫩的韭菜，所以它比韭菜更金贵些。后来才晓得，韭黄和韭菜是亲戚，只是因为生长条件不一样，人为地把它培育成这样，少了叶绿素，所以"黄化"了。它的那份嫩黄，是将青春定格了。

摊主欢喜把韭菜和韭黄放在一起，一边是绿油油的，一边黄嫩嫩的，一样的水灵，一样的鲜亮。江南的摊主有耐心，不管是韭菜还是韭黄，都一把一把地整理好，带泥的根修剪掉，叶子捋捋整齐，就像给女孩梳辫子一样，扎一个不松不紧的马尾，整整齐齐的才精神、好看。菜场里那么多摊头，总有几个生意好些，那是有理由的，修剪整理，功夫花在哪，哪好。春日的时新菜，图的就是个新鲜，这新要里外三新，而且得是从第一眼看上去就入心的那种，新的样子，新的颜色，新的味，这是一年的开始，就从这新字来。旧的味道暂且搁一搁，那些四季皆宜的，有的是时间一遍又一遍重温，而这候着时令的菜蔬，总是该摆在前面。时间，总能让看似稀松平常的东西变得珍贵起来。不关乎物件本身的价格，珍贵的是那份等待和期许。

喜欢韭菜的，挑一把鲜嫩的回去，炒鸡蛋，头刀韭菜炒鸡蛋是好值得喝上一杯的。喜欢韭黄的，挑一把回去，也是炒鸡蛋，春日里的韭黄炒鸡蛋，同样是值得期待的。一个是青绿配着嫩黄，一个是鹅黄配着嫩黄，沉闷了一个冬季的餐桌，任何一种轻盈的颜色都是能让人开心的。身上的春装是轻盈的，眼前的家常小菜是轻盈的，自家的心也是轻盈的，开年后一切从头开始，总算和旧年的那些告别，好也罢坏也罢，都成了旧篇章。茶水间里的八卦也都换了新话题，谁还会在意之前的那些。

休息日子，买上点小黄鱼，耐下性子拆了骨头，用韭黄炒好。慢着，先别忙着往桌上端，这是心子，用来包春卷的。黄鱼配一点韭黄，去腥气又提鲜，这种时候韭黄要比韭菜好。韭菜脾气犟，有它在，容不下其他味道，总要明晃晃地抢了风头去。韭黄呢，品性随和，看似容易相处，但也总不忘显露自己的特色，意思到就行，绝不张扬。这种恰到好处的随和，有如这个城的邻里，亲近的，但不逾越，一切都是刚刚好。

韭黄黄鱼春卷，在油锅里炸得金黄酥脆，一口咬开，热气腾腾，那股子韭黄的味道，自然飘了出来，不浓，但有。

春卷里韭黄用得少，一把韭黄还剩下不少，明日里不如再用它炒虾仁。春节时候剥好的虾仁还有一包冻在冰箱里，年夜饭上是用来炒青豆的。换了韭黄，味道会清香些，一个韭黄炒虾仁，一个炒菜秸，一个香椿炒蛋，好像稍微素了点，对了，那锅腌笃鲜早早炖好了。想好这些，主妇心定了，翻个身沉沉地睡下。明朝还是周末，早点出门，晚了，小菜场里人太多，挑不到好的了。

春日的晚上，又是一夜春雨，淅淅沥沥，不知何时会停。

春入江南荠菜香

不知不觉，荠菜绿了，一棵棵，一丛丛，一蓬蓬。这时候，江南的春天真的到了。春在溪头，春入江南，春天就在那荠菜香里。

每到春天，总会想起小时候挖荠菜的经历。踏青的时候，随便哪片田边，都会看到荠菜在那儿恣意地生长着，如果随身带着工具，走一路就可挖一路。有时候本以为挖干净了，可起身一看，发现不远处仍有一棵苗壮的，立马伏身下去。江南有些地方，叫"挑荠菜"。荠菜的根扎得浅，轻轻一挑就能挖出来，抖掉些根部的泥土，就好放进菜篮子里了。其实我觉着这挑，除了是动作外，还是眼力的考验，能没马蹄的浅草里，到处是绿油油的，从中挑出荠菜，自然得好眼力。否则稍不留神，一眼错过，那棵荠菜就要进别人家的篮子里了。

荠菜好吃，因为它的绿。江南的春天满眼是绿的，绿的柳荫，绿的山水，尤其是那些嫩嫩的时蔬。荠菜、马兰头、草头、香椿，碧绿生青，一盘盘摆上餐桌，这种绿可以尝，有滋有味。荠菜绿得纯粹，绿得干净，斩碎了，煸炒后，还是绿的。因为这抹绿，让很多其他的配菜也有了生气。春天的吃食，就该有春天的模样。

荠菜好吃，因为它的香。荠菜自带一种香气，生的时候浅淡，滚水里烫后味道变得浓郁，满屋子都能闻得到。这种香，带着点田野的味道，很直接也很独特。入菜后，哪怕少少的一些，其他食材都不会盖住它的味道，这应该就是春天的气息，挡也挡不住。

荠菜好吃，也因为它的短暂。虽然不是什么山珍海味，但唯独春日里的最美味。春风春雨一滋味，泥土里就会冒出荠菜来，先是浅绿的叶子，吃得鲜嫩。慢慢地绿色加深，根也变得粗壮起来，三春过后，荠菜花开，吃口也不再好。白色小小的荠菜花开，然后荠菜结籽，也是小小的，风一吹落一地，下一个春天，这里会冒出更多的绿芽。

有荠菜的日子，江南的主妇每天变着花样做小菜。荠菜馄饨一枚枚浓郁鲜香，惹得漂去江那边的故人，整日里乡愁不断。荠菜炒年糕，软糯的年糕，裹上鲜嫩的荠菜，一片片缠绵在一起。还有那荠菜豆腐羹，雪白的豆腐切成小小的丁，配上同样斩碎的荠菜，勾一点薄芡，让豆腐和荠菜都漂浮起来。白绿相融，如一池春水。

转眼就到遇见荠菜的日子了，这时候风暖了，水暖了，一切都柔美起来。人间三月，柳梢听得黄鹂语，此是春来第一声，而餐桌上的那抹绿，就是江南早春第一色。记得这个春天，好好遇见。

春日恣意草头绿

最喜欢春天，菜场里一派生机。样样菜都是鲜嫩嫩的，看着那么舒服，从眼睛一直舒服到心里。尤其是那一捧捧的草头，松散地堆在那儿，绿得特别恣意。

草头，就是苜蓿。撒一把籽在田里，春日就会发芽长叶。天一回暖，用不了多久，绿色就会铺满整片农田。庄户人扛着锄头，把地翻松，这满眼的绿就是最好的肥料。庄稼一枝花，全靠它当家。当然这等画面说的是纯天然的田园诗，如今我们吃的草头自然是人工种植的，而且从种的那一刻起就是为了收割了去菜场，变成我们的盘中餐。所以说此草早已非彼草，不用担心自己是和小猪小羊什么的抢食吃。它们吃它们的，我们吃我们的，各取所需，各得其乐。

有了人工种植，再有了人工大棚，这草头是一年四季都有了，菜场里几乎每天都能买到。但唯有春天的草头滋味最好，如果买到露天草头则更是嗲。草头要嫩，要糯，吃起来才好，否则硬邦邦的，真的如同牛吃草，上海人管这种叫做

"杠性"。好草头与"杠性"草头，就如同好大米和洋籼米的区别，后者吃下去累牙齿，还胃痛。所以买草头的时候要眼明手快，先看一眼卖相，要绿得舒服，叶子舒展，还要干燥，不能是被小贩洒上水的，否则买回去没多久就要烂叶子，一塌糊涂的。最后在问价钱的时候，用手团上一把，摸在手心里要软软的，松开又有弹性，和丝绵差不多那种感觉，这样的草头就是好的。好了，价格合适的话，称上一包，不用多，六七两就可以。

草头买回来要摘，这是细功夫。一是把枯黄的叶子挑出来，二是要把草头的茎摘短些，不用全部摘掉，留些就好，这样炒出来吃口才好。炒草头，我是不用锅铲的，直接用筷子。动作要快，手势要轻，四两拨千斤，左右翻飞，看着草头颜色稍微一变就好，记得要最后放点高粱酒下去，这就是酒香草头。至于说盐、糖，这种我是直接放在草头里，一起下锅。闺蜜说她外公炒草头是把好手，最后喝下一口高粱酒，然后如喷雾一般喷洒进锅。

我想象得出那个画面，裱画的时候要给画芯喷水，老师傅都这样，不用什么喷壶的，画铺好端起搪瓷茶缸猛喝一口，然后用力一喷，如东海龙王一样水珠喷射，极其均匀地洒落在画面上。再端起茶缸，喝一口，开始干活。

于是我也想练一下，油锅温热，草头下锅，筷子翻飞，起锅前端起酒杯喝上一口，可是瞬间这口五粮液就滑过喉咙，直接穿肠过了。酒是好酒，只是那天的草头，只好清炒。摆好碗筷，小菜上桌，既然已经喝了一口，不如再倒一杯，有酒有草头，春日就该如此随意。

豆苗又绿江南岸

早春三月，风含情水含笑，江南岸被绿染了一层又一层，终有一天轮到豌豆苗了。春日时鲜，不是什么大鱼大肉，荤腥繁复，最得人心的就是那一种又一种的芽苗。草头、香椿、芦蒿、菊花脑，样样都得是掐了尖，嫩嫩的才好。

掐尖，芽菜自然是这样的才好吃，鲜嫩水灵。《红楼梦》里刘姥姥二进大观园的时候，带着地里新摘的瓜菜来，也都是结的头一茬，自己不舍得吃，运了来孝敬太太小姐们的。果然府里上上下下都欢喜，连见多识广的贾母都说好。地里的，新鲜的，稀少的，这些瓜菜就这么裹着泥包着露水，披星戴月地赶着进了城，送到府里。除了瓜菜，送礼人的那份心意更是难得。这点，府里的人都懂。

这是瓜菜，至于芽苗，那更是这样。天一回暖，柳叶刚泛绿，春水都还是温的，芽苗们便开始努力地破土而出。蓄积了一个冬天的能量，就在这会子都迸发出来，也许昨天还没有，今天一早就看见那片绿出现了，毛茸茸的，嫩得让人心疼。又过几天，嫩叶舒展，这时候采摘最是鲜嫩。

明前的龙井是这样，初春的豌豆苗是这样，其实连人都是这样。一群人里，大多芸芸，能冒尖的自是少之又少。书读得好的尖，被哈佛呀，耶鲁呀掐了去，数数那根藤，一共也没多少叶瓣，一年一掐，自然是掐得人中龙凤。还有姿色好的尖，自有各大品牌掐了去代言，走秀呀，拍广告呀，这哗啦啦流水的银子，再多也是有数的，不掐尖还能掐什么。

至于那些尖，如人饮水，冷暖自知，旁人还是不去多嘴的好。但豌豆苗的尖倒是晓得了，水灵灵的一捧拎回来，抖上一抖撒落在筐里。豆苗太嫩不好太用力，装进倒出的都要小心，压得太实诚，尖断了，叶瓣蔫了，那就太可惜了。所以呀，但凡稀罕的东西，都要小心服侍的，物件是这样，人更是这样。比如新讨进门的娘子是娇客，在手心里多捧上几天是不为过的，日后放下的时光多了去了，能珍惜一天算一天。

新摘的豆苗再嫩也是要理一理的，去掉点不太漂亮的叶瓣，底部再掐上一掐，稍老一些的都还是去掉好。既然是要吃个鲜嫩，那总要花点工夫，让这份鲜这份嫩更彻底些。理好的豆苗，什么都不用配，直接清炒就好。这种鲜甜，若是混了其他的味道，自是吃不出的，本就是若有若无的，轻盈得很。不过下锅的时候，猪油要有，高粱酒也可以淋一点，真真一丁点就好。火要猛，油要热，手要快，一气呵成，一盘碧绿生青就好端出来了。

夹一筷子豆苗，聊一句人生，若是还不过瘾，那么熬一锅鸡汤吧，鲜汤翻滚，丢一把豆苗进去。鸡汤浓豆苗嫩，最是相得益彰，只是汤不能太滚，豆苗也不能太多，否则一来二去，汤浑了，苗老了，一锅杂烩，越看越生厌。

玉兰花开，总是一树一树

玉兰要么不开，等看到花开的时候，就是一树，满枝的花朵，层层叠叠。据说因为这花"色白如玉，香气似兰"，所以叫"玉兰"。这花取名，其实和小囡取名一样，多半就是个期盼和祝福。叫建国的，是希望孩子长大后能有出息，是个添砖加瓦的好青年。叫个静呀、洁呀的，那都是经过闹腾的岁月后，只觉得安宁太平就是幸福的日子。所以这玉兰是不是真如玉似兰，就不用多较真，花么，美就好。

姑苏城里的园子多，粉墙黛瓦，书卷气十足。园子有些年头，最初的主人多是些有闲情逸致的，积累了钱财，想在这好好度余生。官场里血雨腥风，厮杀完，得有个地方好好疗伤。姑苏好，不远不近，不冷不热，既然已经有了那么多园子，不如自家也盖一个。花窗、亭台，引水叠石，种树栽花，把四季风情一点点挪到身边。

留园最早的主人徐泰时，曾是明朝的太仆寺少卿。这太仆寺本来是专门负责马政和畜牧的，归属兵部，是个很重要的职权部门。但等到徐泰时任职的时候，太仆寺就成了专门为皇家造房子的了。徐泰时宦海沉浮，等静下心来造园子的时候，也不甘寂寞，总想着能媲美拙政园。花了五年时间，慢慢打磨。园子最初，叫东园，姑苏城里有名的文人都成了座上宾，园子里总是风雅不断。后来各种流转，主人换了一波又一波，名字也跟着更换，最雅的叫过"寒碧山庄"，最有时代特色的是"红卫公园"，其间园子由常州盛家购得的时候，改叫"留园"，这盛家的少主人，就是盛宣怀，中国的第一个电报局、第一家银行、第一个大学，近代太多的第一和他有关。

苏州的园子总是含蓄的，园内再是风月无边，也终是一道围墙隔着，外面看起来风雨无恙，日复一日的。园子里的花呀叶呀，也大多是低吟浅唱，比如冬日的红梅、春天的海棠，也就是一抬眉，就能看到，最多桂花稍高些，也只没过头顶。可玉兰不是，玉兰是挺拔的花树，大大的树冠高出围墙，春日里那些花朵盛开，统统顶在树梢，顺着枝干出了院子。老远的行人就能看到，园子里的玉兰开了，光是这份美都能让人羡慕，其他的想想，那更是令人艳羡不已了。倒是园子里的人，赏花得抬起头来，或是搬把梯子，折上一枝，才能细看。

玉兰的枝干比较粗，得用一个大号的花器。精细的瓷瓶不如陶罐来得合适，古拙一些，反倒衬得玉兰清秀。

王国维有句诗写道："窈窕吴娘自矜许，却来花底羞无语。"留园的玉兰美煞吴侬软语的美娇娘，可摩登的上海人，是从来不怕比的。你美你的，我美我的，和同一水准的美在一起比比，那才有味道。大马路上先施百货要和永安百货做邻居才好，和下只角的小铺子，那有什么好比的，完全没有可比性。

上海的梧桐区里也有玉兰，但不是在马路上，而是在弄堂里。弄堂一侧的小洋房边，一株玉兰依在那，玉兰盛开，笼着小洋房别有风情。西班牙式的黄色拉毛墙，黑色的院落门，白色的玉兰，还有那女主人，一早把窗推开，房间里时不时地飘出两句德彪西。太阳还没落山，她又过来，把窗关上，顺手纱帘也拉上。屋里的一切都成了剪影，慢慢地连影子也不见了。路灯下的玉兰，变得有些泛黄，这会，倒是真有点玉色了。

有一天，玉兰成了市花。不管是住洋房的还是住公房的，都让它代表了。公园里、绿地上也开始多了不少玉兰树。春天一到，玉兰是最先开放的花树，昂扬在枝头。上海人叫它"白玉兰"，因为还有一种紫色的玉兰，那种，做不了代表。

紫玉兰又叫辛夷花，兜兜转转，有人觉得这两字更文气，行文中把玉兰都叫"辛夷"，情深意长一番。可惜又错了，白玉兰只是玉兰，辛夷不算白玉兰。有些美，真的只能独美，美美与共，其实蛮难的。

灼灼其华的，是桃花，更是那个家

推开窗，楼下的桃花开了。只有那么一株，和其他灌木混在一起。这是块不太引人注意的地方，所以很久没人修剪，一旁时不时地还有些杂物，一两个玻璃瓶子，快递包装袋什么的，估计是邻居进出的时候随手丢的。没人注意的，不光是桃花，还有些琐碎的，谁都不想提起的日常。

桃花没开的时候，树枝上光秃秃的，从楼上看下去更是一点生气都没有。一旁的冬青倒是冒出了嫩绿的新芽。这种平日里不太被人看好的灌木，总是能最早感受到季节的变化，早早地将春信留住。也是，花好朵好的，有人待见，有人爱，比如海棠，哪怕是打了一个花苞，都会有人惊叹，赋诗呀、作画呀，忙个不停。四季常绿的冬青，早就让人习以为常，自己再不努力地有些变化，怎能在春日里脱颖而出。倒不是为了拔个头筹，但总也不能被人遗忘吧，存在感，这事情，向来是自己争取来的。

就这样，悄无声息地度过了惊蛰和雨水，耐过了倒春寒和春雨连绵。窗下的那株桃花不知哪天，似乎有了变化，枝干上有了些绛红色，很淡很淡，离得太远，看不太清。不过肯定的是，桃花真的要开了。

果不其然，只是一夜，花开了。

收拢的花苞绽放，绛红晕开，一片桃红。那株寂寞了好久的桃树，一下子变得恣意起来。这样的桃花也适合入画了，画设色山水的时候，那片桃林，用笔一片片地晕染，在青山绿水间增添一点颜色。山绿、花青、胭脂调得淡淡的，染上去，画中的春天就到了。

有桃花的地方，必然画有屋舍，屋舍草堂里总有位神仙样的主人，喝茶读书闲看云卷云舒。偶有友人来访，那一起坐而论道，或是喝酒聊谈，一醉方休。这神仙日子也许过得并不宽裕，但文人的那点身段是不能丢的。

姑苏的唐寅，唐伯虎，实际的日子没有什么秋香相伴，也没有传说中的那些风流偶遇。住在桃花坞倒是真的，桃花坞的春天曾经有桃花盛开也是真的。不得志的诗人称自己是桃花庵主，折了桃花换酒钱。"酒醒只在花前坐，酒醉还须花下眠。花前花后日复日，酒醉酒醒年复年。"仙人才情横溢，作诗作画，诗中画中都带着醉意。这桃花庵中的桃花年年盛开，而主人终是仕途无望，一生醉舞狂歌五十年。西州旧友来访时，仙人才道出，"谁信腰间没酒钱"，桃花有开终有落，繁华过去，凄凉自留桃花下。草堂内的真实岁月，除了主人自己，也只有桃花知道。

院里的桃花知道太多，它知道诗人的窘迫，也知道爱情的美好。

大观园里沁芳闸边，落红成阵，桃花随风落入水中，也时不时地落在那本《西厢记》上。宝玉和黛玉就这样翻完了锦心绣口的句子，记住了"多愁多病的身""倾国倾城的貌"，行个酒令也会念上一句"纱窗也没有红娘报"。那被装进锦囊的花瓣，埋在了树下，天尽头，也只有这里有香丘。

桃花源、桃花庵、桃花冢，这被人惦念的桃花，始终是和家园联系在一起。

桃花源，那是五柳先生避世的仙境，不知有汉，无论魏晋，有的只是芳草凄美，落英缤纷。

桃花庵，那是才子的疗伤地，风流倜傥、才华过人，这是世人看见的唐寅；看不见的凄凉与郁闷，只有桃花坞里的苍石知道。

桃花冢，那是黛玉的青春，一朝春尽红颜老，质本洁来还洁去。看得见的终点，总比到时的惶恐，来得让人安心。

诗经上说"桃之夭夭，宜其室家"，就这样把桃花与家关联在了一起，千百年来，桃花，花谢花飞飞满天，每一季都会让人把这些篇章在心头过上一遍。每一遍，都灼灼其华，其叶蓁蓁。

江南的清明，应该就是青绿的

清明，春和景明，万物更新，宜春游，宜踏青，宜赏花，宜放风筝，更宜思故人。

清明，不是一天，而是那么一段日子。过了农历三月三的上巳节，那个王羲之曾呼朋唤友，曲水流觞的日子，倒春寒也过了劲头，早晚虽还有些凉意，白天里暖暖的，太阳下山的时间也推迟了好多，留给夕阳足够的时间，慢慢褪去。这段日子的江南，是青绿的，比那《千里江山图》都要好看，更温润，更有些情谊。

明前的绿茶，是茶中佳品。龙井、雀舌、碧螺春，样样是好的，各人有各人的爱好。有人喜欢龙井的茶形，有人喜欢雀舌的细巧，也有人就是欢喜碧螺春上那层细细的绒毛，笼着份嫩绿。明前的绿茶，是嫩的，不能用滚水冲，一冲下去就成了菜色，茶叶太嫩，伤不起。上投法比较好，茶盏里先冲水，再放茶叶，水不用满，半盏就好，茶叶也不用多，能飘得开就好。热气升腾，慢慢地让茶叶滋润开，看着一片片沉沉、浮浮，茶汤慢慢地也被染成绿色，同样是淡淡的，嫩嫩的。

清明时的蚕豆是嫩绿的。尤其那玲珑的本地豆，从里绿到外，壳是绿的，皮是绿的，肉也是绿的，再配上点青葱，油锅里滚一回，它仍然是绿的。短短的那半个月，江南的主妇是次次都不会错过本地豆，见一回买一会，一买就是一篮子，回来定定心心剥好，葱油炒一下。有葱油蚕豆的日子，餐桌上总会安静些，一枚接一枚地吃，空下来再咪口老酒，哪还有工夫讲闲话。

除了蚕豆，菜场里星星点点，满眼都是绿色。荠菜、草头、马兰头、菊花脑、枸杞芽、芦蒿芽，样样都是绿色的，样样都带着清香，但又样样不一样。江南的春天，小日子就是这样排着队，等着芽苗上市，上市一样尝鲜一样，每天去菜场都能看见有时新货。若是中间空档了两天，吃不准哪样就错过了。

清明，忘不了的还有青团。青是绿，又不是绿。"天青色等烟雨"的汝窑是青的，"青青河畔草，绵绵思远道"里的相思是青的。那青团，是艾草汁染青了糯米粉，包裹进了春的滋味，是青绿的。青团，就是江南的春信，糕团店里早早地贴上告示"青团上市"，于是，熟客都知道，该去排队尝鲜了。豆沙的，马兰头的，各来几个，配着新茶，吃个新鲜。新鲜，还是新鲜，这是和超市里常年供应的那种完全不一样的味道，新鲜的味道。

清明踏青，青山绿水，城里的人不太容易见到。最容易见到的不过是枝头的叶绿了，深深浅浅的，浅淡到绿柳才黄半未匀。偶遇，在小区的墙角里捡了根断枝回来，清洗、修理、插瓶，没几天，竟也发了新芽出来。这是枝迎春花，枝干上还没来得及打一个花苞，就被折断了。不过这片片绿叶，也甚是好看，每日早起，都会去盯着看上一会儿。前两日发出的叶子长大了些，颜色也深了些，今日里又有新叶冒出，米粒大小，再修一修，再剪一剪，让瓶中的造型更好些。

　　青的团子，绿的枝叶，还有那装满荠菜的小菜篮子，这些《千里江山图》里都没有。尤其那颗散淡的心，对于王希孟来说，也是难有，十八岁的少年，本该只是开始，没料想"咫尺"即是终点，无处话凄凉。

　　千里江山太远，江南的一片青绿在身边，惜之，足矣。

轻盈白米虾

人间四月天，美就美在那份轻盈。轻盈的绿叶，不蔓不枝，阳光恰好能从缝隙中散落下来，晒得人醉醺醺的。梨花、杏花、樱花，花瓣都是那种薄薄的，风一吹，吹散一片，落在发上，肩上。春天美味的风物，也尽是小小的，嫩嫩的，比如那白米虾，那么小，那么鲜，那么惹人爱。

太湖美，美在太湖水，更美在船家餐桌上的挚爱三白。银鱼、白水鱼、白米虾，样样都赞，江鲜的味道柔和而不霸道，和春天的时蔬、果菜最般配，都是清清爽爽的。三白中，银鱼要配鸡蛋炒，白水鱼要配火腿清蒸，只有这白米虾，只要生姜、青葱就好，盐水里捞一下，简简单单，最是让人欢喜。

白米虾，美在白净。太湖水有情有义，一边陪着范蠡和西施泛舟云游，一边滋养着水边芦苇青，水底鱼虾肥。白米虾，刚出水的时候，通体透明，带着点翡色，淡淡的。翡翠中的翡，古书上说是指赤羽雀，似翠而赤，后来把这名字给了玉石。所以翡翠并不单是绿色，也有红色、棕色，称为翡色。

　　书袋一掉，就容易跑题，说回虾来。之所以叫做白米虾，那不好意思，还要再讲点古。清代有本《太湖备考》，堪称太湖当地的百科全书，里面就写到过"太湖白虾甲天下，熟时色仍洁白"。看看，质本洁来还洁去，白米虾因此得名。

　　白米虾，美在玲珑。指节大小的河虾，壳薄肉嫩，小小的很是可人。世上很多事物，美就美在这小巧上，能让人耐下心思细细把玩。大的城，高的楼，固然霸气，但小桥流水人家，却更让人魂牵梦绕，方寸之间处处都是故事。

　　白米虾，美在它的时令。春来上市，春去下市，不长不短的日子，让你能吃得舒畅，又不至于厌倦。还没来得及嫌弃，它已经挥挥虾须，回到太湖中去了。其他的日子里，你满是思念，就是见不到面，大龙虾也好，小龙虾也罢，总也替代不了，它该有的味道。就这样，白米虾在你心里，留下一个空当，须得来年的春天，才能把相思填满。

　　有白米虾的日子，每天一碟不嫌多，隔一天烧一次，说不定会念叨。盐水里放下姜片、葱段，一点黄酒，滚了后把虾倒进去，看着水面有些微澜，就可以关火了。这时候的虾，白里透红，肉质最鲜最嫩。

　　吃白米虾也是个技术活，再薄的壳也得吐，不能就这样一起嚼下去，否则实在太影响口感。一枚虾放进嘴里，舌尖稍一翻动，肉是肉，壳是壳，连头带尾地吐出来，而虾肉自是完好无损地享用下去。当然，要想练成这样的功力，自是先得吃上几年才行，至于练得成练不成，那就看各自修为了。

　　春光明媚的中午，一碟盐水白米虾，一碟葱油蚕豆，一碟香干马兰头，就好喝老酒了。慢慢地吃，慢慢地小酌，看着樱花落了，杏花开，轻盈的好时光，且有且珍惜。

桃花流水鳜鱼肥

江南四月天，芳华正好，桃花夭夭，柳叶青青。暖得人心荡漾，只想去走走看看，踏青出游，尝尽人间清欢。一句"桃花流水鳜鱼肥"，就给这春日宴席定了菜单，错过什么都不能错过这肥硕的河鲜，否则辜负了春光，辜负了诗人，更是辜负了这大好的兴致。这年头，最最难得的是兴致，春色总要在人间逍遥百来日，落了桃花还有海棠。可若是没了兴致，再好的流水再好的花，也总是花落水去两无知了。

既然春色正好，又有兴致，又有鱼，这一尾鳜鱼又该如何待之呢？

雅致点的，清蒸蛮好。说是清蒸，但也不能就这么直白地送进蒸锅，细盐要有，姜片要有，火腿片也要有，各种有各种的数量，轻轻盈盈地点上一点，再去蒸。这样一来，火腿的鲜渗入鱼肉里，这个味道才是刚刚好。出锅后，葱丝一把，豉油一勺，再用热油一浇，滋啦一声，这鱼才好上桌。这个清，是清爽的清，春日里气清景明，一切都是崭新的。不管是眼中所见的绿叶青芽，还是耳边拂过的微风，都是新鲜的。隔了一个秋冬，再和这温暖相会，总有万般相思。这吃食也一样，一筷子鱼肉下去，肥也好，鲜也好，都抵不过这新这清，这缓缓地让你知道，又是一年新的开始。

闹猛点的，一尾松鼠鳜鱼定能惹得满堂彩。人间厨艺，总能把一样东西摆弄成另一番模样。不比林间山民，江南人水边长大，松鼠再可人也不太多见，但吃过的松鼠鳜鱼一定是比见过的可人松鼠要多得多。一尾鲜鱼经刀工、滚油后，竟也能昂然挺立在盘里，其实是不是像松鼠不打紧。欢喜它的大多是孩子，那浓浓的酸甜酱汁，以及淋在上面的各种浇头就足以让他们开心好久。每每上桌时，总能赢得欢呼声。春日里家宴上，最闹猛的就是这孩子的嬉闹声。新的一年，小囡都又长高了一些，晓得更多的事情，懂得更多的道理。连这饭桌上，吃起鱼来也更是老道，不再用姆妈们在一旁剔鱼骨操心了。

再世俗点，鳜鱼还可以臭着吃。皖南人家，白墙灰瓦院落里，徽菜浓烈煞爽，和着婉转的乡音，和着甘洌的毛峰，一切都怡然自得的样子。鳜鱼在那，新鲜着显得平淡了些，假以时日腌制，重油重料干烧好。它自是臭，自是香，自是鲜，坦荡荡地呈现在那。你是欢喜也好，不欢喜也好，它自有它的身价，根本不在乎别人的褒贬。有远客来，主人家用它待客，这是一片情谊。能吃得惯的，尽可大快朵颐，推杯换盏间情也深了意也切了，再约下次何时再吃一尾鱼。

若你吃不惯，那浅尝辄止即可，席面上自有其他菜肴可选。只是这味，一阵又一阵地飘散开来。从浓郁到稀松，等席散了，发丝间、衣衫上，满是这股味道，久久不散。人间四月，花香草香，不如这烟火滋味，浓烈。

田螺壳里有传说

清明过后，螺蛳不再好吃了，但田螺依然美味。它比螺蛳更大更壮，肉质肥厚，如果只是简单爆炒的话，吃口比不上螺蛳，但改些做法，费点细功夫，那就不一样了。

孔老夫子曾经说过"食不厌精，脍不厌细"，这句出自《论语·乡党》，后面还有八条"不食"，分别是："食饐而餲，鱼馁而肉败，不食。色恶，不食。臭恶，不食。失饪，不食。不时，不食。割不正，不食。不得其酱，不食。沽酒市脯，不食。"这一度被传言成美食圣经，但后来考据派出来辟谣，说孔夫子说的是对于斋祭时祭品的要求，而不是生活中的饮食常态。在生活中他并不是什么美食家。想想也是，一边和弟子说颜回的"一箪食，一瓢饮"，一边又讲究吃喝，这样的孔丘估计很难成为一代宗师的。

那书归书，子曰过也就作罢，平常日子里确实是精细点才更有滋味。比如这田螺就是这样。要想好吃，非得不厌细，慢下心思做道田螺塞肉，才是人间美味，书中再写也是空。

田螺买回来要用老虎钳夹掉尾巴，这步骤和螺蛳一样，马虎不得，否则泥肚肠里全是垃圾。如今菜场里服务周到，好叫摊主帮忙弄，自己买回来折腾半天肯定会弄得手上打泡，十指连心，这种痛真是厨娘们自家晓得。去掉尾部的田螺买回来，一只只把肉挑出来洗干净，再用牙刷把田螺壳一只只刷干净。要当心，不能用力过猛，否则把壳弄破了，可是破坏了容器，影响整道菜的卖相。

挑出来的田螺肉斩碎，再加上肥瘦相间的肉糜一起拌匀，就和拌馄饨心子一样，记得稍稍调点味道进去。到这里，好去泡杯绿茶喝上两口歇歇，因为后面还有大工程要继续。

俗话说三个手指头捏螺蛳，捏田螺也就用这点力道就够了，一点点把拌好的田螺肉馅塞进壳里，要不多不少饱满就好，一只一只又一只，再用上海的浓油赤酱的做法去烧，这样的田螺才好吃。

一只田螺壳要摆弄三次才能烧成小菜，吃的时候再得捏起来，把塞进去的肉挑出来。这一酿一取，家常的滋味就在其中。我一直觉着和螺蛳一样，吃田螺塞肉也最好是在家里。田螺壳最上面的肉用牙签可以挑出来，可那些转弯里的就很难弄的。吃客们会先用根筷子把肉塞塞紧，再把螺壳倒过来，用力一吹，一整块螺肉就正好落进碟子里，这种力气活在家还好，在餐厅里上演实在不雅。

很小的时候就听过田螺姑娘的故事，她能干善良，做点好事还是悄悄的，来无影，去无踪。据说她是天河的素女，是个会飞的神仙。可见这天上的女神仙也得会厨艺，善家务，凡间的技能一样不能少。这故事出自《搜神记》，原文里田螺姑娘给那小生撞见后，只能飞回天庭，空留一壳在人间。可这故事一传十，十传百，最后竟演化成田螺姑娘和小生有情人终成眷属，惹得后世多少男人期盼着自己也能遇到这么位田螺姑娘，出得厅堂，下得厨房，还自带嫁妆和身价了得的老丈人。

可惜故事终是故事，顶多只能算是个美好的愿景。只是要有田螺姑娘，总得先有螺壳，而且得大，那小生也是精心养些时日后才有奇迹发生。如今春色正好，要觅得田螺，卿，你是先去菜场还是超市呢？

海棠窗前海棠开

春日迟迟，园子里的海棠开了。江南的园子里总是会种上一两株海棠，春风送暖，那一束束的红，娇艳得很。这种娇艳是文人喜欢的。醉酒之后的易安居士，不问钗裙，不问酒友，也不去想想昨晚席间是不是说了什么不妥的话语，唯独惦念着海棠是否依旧。

知否，知否，应是绿肥红瘦。

是呀，雨疏风骤之后，海棠怎会依旧。所以爱花之人总要想尽办法好好多爱它一会。比如那曹公，整本书里写了芍药、写了菊花，但心底里应该是更爱海棠多些。衔玉而生的贾宝玉住在怡红院，园子里一边种着西府海棠，另一边是绿叶芭蕉，于是就有了那匾额上的题字"红香绿玉"，只是没想到穿黄袍的姐姐，不喜欢这玉字，改成了"怡红快绿"。于是接下来的日子里，"深庭长日静，两两出婵娟"。这两两自是海棠与芭蕉。红得怡然，绿得舒缓，守着这片难得的岁月静好。

还有那秦可卿的屋内挂着的《海棠春睡图》，这个典故出自唐明皇，杨贵妃半睡半醒，走来的样子，说她是"岂妃子醉，直海棠睡未足耳"！这画据说出自唐伯虎之手。宝玉自是见了就欢喜，比起那幅劝人苦读的《燃藜图》强上百倍。别说画中的美人春困乏屋里，宝玉到了那也自是哈欠连天，两眼惺忪，梦游幻境，一杯千红一窟下去，更是不分天上人间了。

海棠能入画，也能入诗。有年探春组诗社，社名就叫"海棠诗社"，不过大家咏的是白海棠，初秋开放。宝玉生日宴，玩占花名儿，史湘云抽的花签，一面画着一枝海棠，题着"香梦沉酣"四字，另一面有诗道："只恐夜深花睡去。"这是东坡的诗，"东风袅袅泛崇光，香雾空蒙月转廊。只恐夜深花睡去，故烧高烛照红妆"。苏大人文字了得，可豪迈，可婉约，一株海棠，让他愁思上心头。

苏大人诗中的海棠在黄州，见花思乡，让他想起眉州的花，眉州的家，还有眉州的安宁与平静。春日里东风袅袅，香雾空蒙，海棠花开，不管是白日还是夜深，总是红妆照人，美到骨子里。

海棠的这份美，要有好的景致去配。江南的园子，曲径通幽，一步一景。不管是倚在墙边，还是厅堂院落前；不管是伴着芭蕉，还是独裁舒展，那份绯红，总是挡不住的。从打花苞到满枝绽放，也是数日而已，一树的春色，在粉墙黛瓦间，格外醒目。江南的水墨调子，给足空间，让海棠舒展恣意。留白，才是最好的背景。造景如此，其实，与人的情感也大多如此。

院子里的海棠虽然都美，但也是各有各的姿色。贴梗海棠，花美枝也美，若想插瓶，定要好好端详一会，取一支枝条曼妙的，花贴着枝，反倒成了点缀。如同画画，先画枝条布局，再点花添叶，画意全在那左一笔右一笔的线条里。

垂丝海棠更婉约一点，花颜羞答答的，没有那种昂首挺胸的天真，倒是更有风韵。美呀，用不了每天用高音喇叭去扩散，浅吟低唱，也照样能有知音，曲高和寡有什么不好，和得上，和得准，就是极好的。

江南人爱海棠，可四季轮回，总也有花谢花飞的时候。修一扇花窗，海棠窗前海棠开，海棠花落窗影在。这棠，是海棠花纹，也是"玉棠富贵""满堂平安"。文人的高雅，在居家的岁月里，也化成了一样的期盼和祝福。

同样的十字穿花海棠纹，用深浅不一的鹅卵石铺成，一朵朵开在地上。记得苏州的拙政园里，还有个海棠春坞，院子不大，种着两株海棠，配着地上满是海棠花纹。这里是个书房，不知文征明是不是爱在这饮酒赏花，写诗作画。

一夜沉醉、醒来后，花在也好，花落也罢，这满院的海棠铺地，自是多了一抹嫣红与绯红。

豆自故乡来

从那么一年开始，上海的蚕豆分成了客豆和本地豆两派。客豆的故乡还比较远，不是苏北，也不是山东，而是日本，那豆叫做日本豆。日本豆长得丰满，豆荚大，豆也丰腴，最讨食客欢喜的是，这种豆一烧就酥，不僵的。酥，是江南人对菜肴的一种评判标准。红烧肉要酥，清蒸鸡也要酥，不但如此，蔬菜也得是酥才好。比如打了霜的青菜是烧得酥的，奉化芋艿是蒸得酥的，还有刀豆、茄子，酥是好的一种标准。

没有去考证过，这日本豆是不是真的来自日本。大了后，有年去日本菜场小逛，看到卖蚕豆的摊头。日本主妇只买了很少一点回去，说回去可以滚个汤吃吃。一问价格，真的让我咋舌，具体银两记不太清，只是感觉如果按葱油蚕豆的吃法，那一盘是好换一只龙虾的了。

据说上海的日本豆学名叫做日本大荚蚕豆，原产地是在东瀛，移植过来后培育的，就跟红富士一个道理。外来的和尚念着念着，就成了土著。

日本豆就这样靠着一酥到底的本事，征服上海小菜场，阿姨妈妈们纷纷开始欢喜上这种客豆，一日一篮子地拎回家。每日一碗葱油蚕豆是对春天最好的赞美方式，这点，上海人懂得。

但再反客为主，客终归还是客。说得再熟练的本地话里，总会不经意间冒出一两句腔调不对的。哪怕只是一个尾音，老克勒们还是听得出来的，不作声不代表不晓得，嘴角的一抹笑意，胜过万千话语。撮挢也是蛮撮挢的。

来势汹汹的日本豆一年比一年早上市，要抢头刀鲜，也要抢主妇口袋里的小菜铜钿。至于那本地豆，倒是不慌不忙，笃悠悠地压着步子登场。

比起日本豆，本地豆娇小得很。身量瘦弱，气息娇嫩，宛如小家碧玉一般，不太出得门的。养在自家里，顶多也就附近走走，看什么都有股子娇羞。不管外面世界怎么闹腾，她该做规矩做规矩，该养精神的时候养精神，一点也不好奇。

年轻的时候看书，欢喜那种拼拼杀杀的日子，觉着精彩得很。故事里的女人也都是男人一般，有着各种本事，别说半边天，再来半边其实也不在话下的。油里滚得，泥里滚得，刀上也是滚得，江姐一样的品性。

可日子长久了，自己到了年岁，回过头来看看，女人为什么是女人，是因为她不是男人。穿不穿裙子不打紧，抹不抹胭脂也不打紧，但女人的做派还是要有的。该端的功架要端，该拿捏的分寸要拿捏，还有就是不该管的闲事不要去管。天是大家的天，你顶下再多，未必就是好。

想想，其实春日里的蚕豆该吃的不是"酥"，而是嫩。葱油炒来，三两下，嫩豆壳就好爆开，重油重糖是一番滋味，浅淡的也好，吃得出豆子的清香来。本地豆一粒粒指甲盖大小，碧绿生青，最嗲的不是用葱油，而是出锅前撒一把细碎的莴笋叶子，最嫩的那段。同样有股清香，但它更温软一些，不像葱那么凛冽，和本地豆十分般配。

君自故乡来，应知故乡事。日本豆早已不再晓得日本的樱花什么时候落下。但本地豆上市的日子，你我都知道，短短十天而已，再见时，梅雨到了。

暮春豆瓣酥

暮春，春笋老了，香椿老了，马兰头老了。终于，蚕豆也老了。豆荚上的那条月牙线开始发黑，豆皮慢慢变白，这时候的蚕豆要烧好久才能酥，属于它的花样年华，就这样过去了。

蚕豆最风光的时候，是仲春，清明前后。不管是客豆还是本地豆，都蛮嗲的。皮薄肉嫩，上海人家欢喜葱油炒，不过要下重油重糖。这种好滋味，每天一碟是不会嫌多的，且吃且珍惜的日子，一天短似一天。

豆和花一样，花无百日红，哪怕是动京城的牡丹，也终是要落红成阵。豆的美好时间更加短暂，两个礼拜而已。两个礼拜后，蚕豆落市，换有另样时鲜，款款而来。

豆和花真的一样，花谢之前，开到荼蘼，把所有的春光都争上一遍，不留一点遗憾。豆呢，落市之前，换了一种身段，和娇嫩比起来，倒有另一种美。

落市前的蚕豆需要点时间和火候。耐着性子剥出豆瓣，再耐着性子把指甲缝慢慢洗干净，可能一次不行，得再来一次。一天不行，隔天再弄弄，若是指甲缝里裂开了口子，那总得一个礼拜才能好，碰碰就痛。

剥好的豆瓣温火蒸透，不急不慢，不温不火，再和着雪菜一起煨。雪菜要煸香，豆瓣要酥而不烂，带着"功架"的那种。

这么一碟吃功夫的豆瓣酥，不上什么大台面，也就是自家餐桌上吃吃，小落胃而已。不过往往，它倒更受欢迎。一勺豆瓣酥放在饭上，焐一焐，滋味更好。若是吃粥，或是泡饭，那就更嗲，豆瓣酥配白粥，清清爽爽的，吃下去五脏六腑都安抚得妥妥帖帖，舒舒服服。这种时候，什么酱瓜、腐乳都要靠边站，春天才有的味道，自然要一排一座多吃点。

小时候每到这个时候，总看到弄堂里有别人家的外婆在那剥蚕豆，搬把竹椅子坐在门口，一剥一下午，太阳落山了，回房间烧晚饭，豆瓣酥的香气慢慢从厨房间里飘出来，真的蛮香的。

自家的外婆倒是从来不去弄堂里弄这些，坐也很少坐。一来自小娘家管教得紧，不许女孩子家总坐在外面；二来外公也规矩大，不欢喜太太和旁人家多啰唆。外婆是苏州人，自小有用人服侍，嫁人的时候也带着陪嫁丫头。不过好日子过了一阵，就遇到了不一样的年月，用人只好离开回去，再舍不得也不行。外婆说开始的那段时间真是吃尽苦头，什么小菜都弄不来，连烧个豆瓣酥，都会放好多糖。咳，糖，本该是甜腻的，放错了地方，竟然吃出了苦涩来，这就是那段日子的味道。

不过，日子还得过下去。十八般武艺一样样补起来，好在本就是聪明人，没多久，烧烧弄弄对她来说也就不是难事了。

翻看照片，年轻的时候，外婆卷发、真丝旗袍，白色的高跟皮鞋配玻璃丝袜。画报上流行的式样，她都穿过。再后来的照片，换成了碎花翻领衬衫，浅色长裤，齐耳的短发别着几根黑色的发夹，脚下的坡跟皮鞋里还是穿着玻璃丝袜，只是短款的。

不同的时候，美都是有美的模样。不管是早春，还是暮春，不管是年轻岁月，还是人到中年，只是更替了时光，但美，就如花一样，从蓓蕾到荼蘼，都是美的。

那碟放了糖的豆瓣酥一直留在外婆的记忆里，我从来没尝到过。留在我记忆里的豆瓣酥都是鲜美的。所以如今我端上台面的那碟，自然也是很哆，很鲜美。

紫藤情，不知所起

不知为什么，从来没有像这个春天这样，这么喜欢紫藤。

小区的中心广场有一个紫藤架，每到春天都会开花，长叶，紫色的一串串，有些好看。往年的春天，不过只当是添了那么点颜色而已，江南的春天，不缺花赏，从海棠到玉兰，再到桃花、杏花、樱花，哪个开了赏哪个，谁也不会说只盯着一样执拗着。海棠花开的时候，喜欢海棠，玉兰开了，也都不会吝惜赞美，一样样赏过来，一整个春天都是热闹的、美好的。

可今年却格外期盼着紫藤开的日子，那句"情不知所起，一往而深"，是属于它的。

紫藤种了很多年，每年到时候都会开花长新叶，之前是个木架子，年头久了，风吹雨淋的，木头已经开始腐烂，但紫藤倒是不嫌弃，照样年年盛开。花架边有一些健身器材，小区里的老人们会在那锻炼身体，聊聊家长里短，傍晚的时候，放学的孩子也会在那玩耍。

前两年小区改造，木头架子拆除换水泥架子，架子下有排座椅，干净了很多，但架子上的那些爬藤也一起被砍掉，看得我有些心疼。欣喜的是，改建好后发现紫藤的根还在，装修工人只是拆除了缠绕在架子上的藤蔓，没有动一旁的紫藤根，不知道是有心留下的，还是幸存。

紫藤的根很粗，应该是年头久的缘故，新的老的缠绕在一起，错综复杂的。于是，我就又有了些念想，盼望着。说不定第二年春天还能看到紫藤花开的样子。

可惜没有，藤蔓砍得太干净，新的又没有那么快生出来，第二年的春天，水泥架子上光秃秃的。但让人欣慰的是，新的枝蔓抽出来了，绿色的，细细的。

又是一年，藤蔓爬上了架子。应该是头年夏天的时候，长势好，一点点地缠绕起来。立春、雨水、惊蛰，没有什么动静，上海的早春湿冷难挨；春分一过，地气回暖，叶出新绿，花依次绽开笑颜。紫藤架上开始活跃起来，一串串的花苞坠在那，发出淡淡的紫色。也许是之前已经有了新芽，只是架子高，离得远，看不清楚。一直等到花苞显露的时候，才看到，它的春天又回来了。然后花苞颜色一天天变深，再一天天地盛开，风铃一般，长出新叶，绿色配着紫色。单调的水泥架子，变得浪漫起来。这份浪漫能持续半个月的样子，花开的时候，老人们照样在一旁聊天，一边推动着健身器材，一边说着这两天的草头还是蛮糯的，本地豆老了落市快。

孩子们照样疯玩着，花架下跑来跑去，热闹得很。

于是，每一年春天的这个时候，花架上的紫藤都会开，然后花落长满绿叶，再然后叶落空留藤蔓，又等一年。

小区里的藤蔓就这样春去秋来，太太平平地过了好些年。每每看到它开花的时候，就会想到苏博的紫藤应该也开了。

那株紫藤是从拙政园扦插过来的，据说是当年文征明亲手种下，所以又叫文藤。苏博建馆的时候，移了一株过来，种在院子里。紫藤架下正好是个茶室，春天的时候，坐在下面赏花喝茶，很是惬意。后院里的那株母藤已经成为文物，树了碑，保护起来，多了些严肃的气氛。倒是扦插出来的这株，更亲近一些。节气一到，紫藤花开，远远看去一片紫色，深深浅浅，配着新绿，很是春色盎然。这种柔美的颜色，不知道文征明能不能渲染出来，若是他有机会再画一次《拙政园三十一景》，估计一定会有紫藤入画，藤架下高士品茶闲谈，淡然一生。

馆里的纪念品商店里有卖文藤花种，每年秋天定时销售，而且还定量，就那么一些。种子包装很好，可以当礼物送朋友。江南无所有，聊赠一枝春，只是这份春天，得自己种下，能不能发芽开花也得看缘分，算是一种期盼吧。

有时候，有期盼也是件幸福的事情。

这个春天，海棠玉兰开的时候，期盼能下楼摘一枝桃花。这个愿望盼来了，摘了一枝插瓶，然后开始惦念着什么时候紫藤花开，惦念着苏博的这个时候，一定很美。

一周后小区里的紫藤花开了。于是，每一次回家都会绕到紫藤架那，都要多停留一会，看上几眼。看着它从一串花苞，到依次盛开，那份紫色一点点晕染出来，慢慢地在花架上蔓延开来。一天比一天浓艳，绿叶也一天比一天茂密。

清明前后温度适宜，花也开得热闹，没几天，再从花架走过的时候，得弯下腰来，那枝蔓时不时会擦过发梢，摇晃一下，牵动着花串一起摇曳，摇曳一片云霞样的紫色。

每一次出入，看一眼紫藤，再隔一天，又看一次，看着最后一个小花苞也绽开了。我知道，今年的期盼也算是圆满了。

果然，清明前的风雨也是说来就来，任性得很。

一日一夜的风雨，风大雨大，大到一如盛夏，大到淋湿一切。

一日一夜，风停了雨止了，那架紫藤花，不知道还在不在。

花落花开，又将是一年的时间。

闲梦江南梅熟日，夜船吹笛雨潇潇

每年这个时候，都会想念那声"栀子花，白兰花"

　　我想念那句糯答答的叫卖声，悠长，动人，时不时地回荡在弄堂里。已经记不起是什么时候听到的了。四岁，五岁？或是更早，真的记不得了。

　　只记得是很热的天，那时候屋里还没有吊扇，一台很旧很旧的台式电风扇，吱吱嘎嘎地吹着。身上总是黏答答的，热得不行。大人一把扇子在手里，一个劲地扇个不停。小囡也热的，但才不肯总是摇扇子，很吃力的。再说也没有空，小手里要么在玩过家家，要么在看小人书，一手捧着书，一手要吃瓜子的。苏州的玫瑰瓜子，有点甜丝丝的，壳上红色的，据说是用玫瑰卤一起炒的，蛮好吃的。就是不太容易剥开，不过不要紧，我吃起来老练又有耐心，再难剥开的瓜子，在我手里，都能一分为二，一点都不会碎的。

　　我最欢喜吃瓜子，这种磨性子的事情，没人和我抢的。小时候吃饭动作慢，数米粒一样地每顿数不掉多少的，一小碗饭要吃上半天。一小碗面吃前是多少，吃完还是多少，面泡在汤里早就涨糊了。那涨开的面又不好吃的，对吧，所以我终于可以叹口气，离开那张红木方桌了。桌子好高，凳子也好高又好重。不吃饭的时候，它就当我的小茶几。上面摆着小人书和西瓜子，有时候还是冰砖和绿豆汤。

反正一天下来，我也蛮忙的，下午还要听"小喇叭开始广播了"，没什么时间可以去弄堂里玩的，那些跳房子呀，踢毽子呀，都和我没什么关系。大人么，也总说，小姑娘不好总野在外面的，除了该出去的时候出去，其他时间都得待在家里。

什么算该出去的时候呢？要么去对面的德大、东海咖啡馆吃咖啡买奶油蛋糕，要么陪大人去老介福选料子，要么去亲眷家做客，反正都是要大人带着的，自己一个人下楼，好像从来没有过。

所以弄堂里发生了什么，我从来都是听到的，而不是见到的。比如卖檀香橄榄的来，这叫卖声会恰好飘进来，对面的张家伯伯下班了，自行车叮当声会响一路，丁零当啷的蛮脆蛮好听的。还有楼下那家小气的主妇，若是今天买了带鱼，一定会站在弄堂里洗上半天了，哗啦啦的水声和她那个高音喇叭声混在一起，一遍遍地念叨买鱼的过程，她要让整个弄堂都晓得，她们家今天吃东海油带鱼了，很贵很新鲜的。

弄堂里的一天就是这么热闹，早、中、晚，都会飘荡着固定的声音，你都不用看闹钟，三五牌闹钟还有忘记上发条的时候，弄堂里不会。那时候的人，生活都是那么规律，四季轮回，第二年再从头来过，谁也没说这日子厌倦了。日子么，怎么好厌倦了，其实就算厌倦了，那又能怎样。

这"栀子花，白兰花"的声音，我想想看，应该是上午时候飘进来的。一声声不紧不慢的，先是很轻，然后慢慢地响起来，听得清清楚楚。卖花的人年纪不算小，但也不太大，反正不能对着人家叫外婆的，估计是和家里的姨妈差不多大小。阿婆的声音没有那么响那么脆，她的嗓门蛮大的，喊起来整个弄堂都能听见。要是走到自家楼下的时候，声音会盖过无线电，要比刘兰芳的嗓门都大。她的声音也很脆，很干脆很利落的那种，但是不尖不吵，听着不让人厌弃。有时候，弄堂里会有修棕绷的，那声音听了真叫人讨厌，是那种死样怪气的声音。大人说，就是这样的，一直是这样，修棕绷的声音就该是这种调子。大概他们习惯了，反正我还是不喜欢。

我就喜欢听"栀子花，白兰花"这样的声音。听起来舒服得很。我从来没见过卖花的人到底长什么样，家里大人也不让我下楼去买，总是她们奔下去买了回来。

我有次站在窗口往下望了望，是一个四十岁左右的女人，挎着个竹篮子，元宝样的；穿着件浅色的短袖衬衫，好像上面有着小碎花，但在阳光下看不太清楚颜色了。卖花的女人看起来很清爽，虽然看不见她的面孔，我觉得应该是蛮漂亮的，就是那种清爽的漂亮。她的头发挽起来，一点都不乱也不油，衣服半新不旧，但很平整，脚上的鞋子也是干净的，黑色的布鞋，有一个搭襻的样子，鞋面上没有任何脏东西。这样的人，卖的花也自然是好看的。

元宝篮子里只有两种花，栀子花和白兰花，如今那种茉莉穿成的手串，是很久以后才有的，之前没有这种式样。白兰花用铅丝穿起来，一串两朵，铅丝绕一下正好做一个花托。这种铅丝很软的，用手拗一下就能弯。买了白兰花回去后，有人会拗一下，就能别在衣领上。若有穿开衫，就方便很多，直接挂在扣子上，再扣上扣子，就不会掉了。

白兰花娇嫩，一早采摘好，放在篮子里最新鲜。花上盖着一块白色纱布，很透气的，纱布外面再盖一块花布，这样能隔开热气。挑的时候也要看看仔细，要挑那种花苞没开的，两朵羞答答的才好看。若是开过了头，花瓣翘起来，像兰花指的，那这种花放不到中午就要谢了。

白兰花买来，大人别一朵，给我也别上一朵，香是香得咪，好闻死了。别了花的我，立刻就坐得规矩一点，有点小大人的样子。时不时地要低头看看，白兰花还在哦，就这依旧不放心，还要用手去按一按，更牢靠一些。

"手不好碰的，碰了花要焦掉的。"

"晓得了！"一边嘴上答应着，一边再按一下，没过一会还是要再来一次。小囡都这样，讲不听的。

在花香里忙过一个上午，吃了午饭，要睡中觉了。大人把白兰花取下来，包在手绢里，放好。说是下午起来后再戴。那块包了花的手绢，也就这样染了花香，变得和花一样好闻。放在口袋里，衣服也是香的，那一天，我觉着自己都是香香的，小孩子臭美起来，一点不输给大人。

午睡后，花还包在手绢里。大人说，身上太热了，花比人还怕热，会吃不消的，洗了澡再戴。

好吧，没了白兰花，屋子里还是有股子香气，那是栀子花的味道。也是早上一起买的。栀子花是论把卖的，用白棉线扎好，一把五六朵的样子。插在花瓶里，就那么小小的一束，一个屋子都香得不得了。大人说，栀子花不好凑近了闻，要离得远远的，这样的味道才嗲。可我觉着这股甜丝丝的香气，风一吹过，一直钻到我的鼻子里，客堂间、卧室里，哪哪都是它的味道。仔细看了才知道，前几天的那把栀子花有点枯萎了，大人把它吊在蚊帐边，所以不管是睡梦里，还是醒来后，夏天的日日夜夜，都是浸在花香里。

夏日的白天很长，吃了晚饭，洗好澡，天还是亮的，弄堂里依旧很热闹。忙了一天的邻居们边收拾，边聊着天。新闻晚报上的那些消息，大大小小的，重要不重要的，都会有人播报出来，大家议论一番。

大人带着我下去乘风凉，顺便到星火日夜商店里买点开洋，明天烧小菜用。我记得别上白兰花出去，洗完澡，换上了干净的裙子，是可以再戴一会花的。刚到弄堂口，看到隔壁单元的新娘子下班回来了。高跟皮鞋踩在水门汀上，声音蛮响的，她走过和我们点点头，笑笑，算是打了招呼，再继续咯噔咯噔地往里走。走过去的时候，飘过一阵香气，和我身上的白兰花味道不一样。想起来了，是香水，家里梳妆台上也有一瓶，只是很久没人打开。这个香气一路飘过去，一直随她上楼。

问大人："香水和白兰花，哪个好闻？"

大人说："你自己觉着呢？"

一圈逛下来，天终于黑了，弄堂里安静了不少，只听到哗啦啦的水声。洗澡的，洗衣服的，各家在忙各家的。回到家，取下白兰花，这次用湿毛巾包上，这样到明天，花稍微黄了一点，还是可以戴的。

第二天，弄堂里依旧响起"栀子花，白兰花"的声音，今天大人不会去买了。

再过一天，那两对白兰花，花瓣焦黄，失了水分不再新鲜。这样的花是不好再别在身上了。大人把它们放在一个瓷盘里，盘子浅浅的，上面画着花鸟图案，也很好看。焦黄的干花，依旧有股子香气，淡淡的。

我把无线电的声音关小一点，早早地坐在客堂间等着，外面怎么这么安静，能听到电车开过的声音，外滩的海关钟声也敲了好几次了，可就是没听到卖花的人来。

哎哟哟，终于听到了，"栀子花，白兰花"，还是那糯答答的声音，从弄堂口飘进来，越来越近，越来越响。

买花的人问道："今天哪能来迟了？"

"家里事情多，出门晚了，错过一班轮渡呀，就好久。"

"原来这样呀，白兰花不好等太久的，要焦掉的。"

"晓得，晓得，明天再早点出门。"

弄堂里的大人们，各自挑好自己要的花，回去烧中饭了。卖花的女人重新整理一下，盖好篮子，再喊上两句，"栀子花，白兰花"，向隔壁弄堂走去，再晚些，人家要睡中觉了，白兰花等不太起。

家里的栀子花开得还蛮好的，大人只买了两对白兰花，她一对，我一对，依旧帮我别好。而她的那对，没有别身上，直接包在手绢里，转身去厨房间烧午饭了，中午有开洋冬瓜汤。

等在客厅里的我，趁人不注意，去看看梳妆台上的那块手绢。浅蓝色的，绣着花，滚着花边，里面的那对白兰花，鲜嫩的，闻一闻自己身上的，再闻闻手绢里的，为什么总觉着，那朵更香呢？

初夏的豌豆，好好爱

说着讲着，就要立夏了。春天的衬衫、丝巾好像还没穿戴过几次，天气就热起来，虽说早晚还有些凉，可中午太阳底下火辣辣的，晒得人昏昏欲睡。夏天呀，总是来得那么突然，像个心急的孩子，吵着要去挤在队伍前面，不为什么，就是这么个脾气，从小到大都没变。

来就来吧，日子么总得顺着过，人心再大也扭不过天。何况也不是什么大事情，早一天晚一天，春天总是要过去的。那些衬衫、丝巾收拾起来，入了秋也好穿戴，隔了一个热天，总不会过时，收拾起来吧。

边整理衣衫，边想着明天的吃食，主妇的一天就是这么穿插着度过的。手里嘴里和心里，不说百八十件吧，也得有几十件事情来来回回地折腾。就这还总觉着时间不够用，若是搞定当一件再来一件，那更是要忙死。女人，好像天生就会当领导似的，天晓得，是自己管自己，自己管自己的时间。当然，能管得好自己，才是最大的本事。

立夏，不算什么大节日，但也是有些讲头的。要给孩子备好蛋笼，里面装上白煮蛋，一来据说立夏那天吃了能避暑，二来孩子间斗蛋玩，也是蛮有意思的。小时候自家也挂过蛋笼去学校，和同学斗蛋，赢了的趾高气扬，输了也没什么要紧，不过吃掉一个白煮蛋而已。

那个蛋笼要彩色的才好看，五彩丝线编成，挂在胸前很是神气，晚饭后也把家里的丝线找出来，给囡囡编一个，明天好带着玩。对了，还要称人，小孩子么称称看春天里是不是长了分量，记好，到了立秋再看看是胖了还是瘦了。这么大的孩子，总是白白胖胖的好，等大了就要开始吵着减肥，那时候也就随她们去了，大了管不住的。

还有，那就是吃豌豆糯米饭了。其实上海人家原先是没有这个讲究的，这几年大家日子过得讲究起来，不管什么地方的习俗，都想尝尝。弄得上海人冬至也开始包饺子了，南北一家亲，倒也没什么不可以。要这么算起来，这豌豆糯米饭好歹也是江南的味道，又应季，也蛮好。

初夏，豌豆最是好吃的时候。这时候蚕豆要落市，不鲜嫩了，只好剥出来烧豆瓣酥。豌豆新上市，该是要换换口味。带着壳盐水煮，或是剥出来和各色丁一起炒，都受欢迎。豌豆纤巧，玲珑得很，比蚕豆更娇嫩，比毛豆更婉约，总觉得它才更像江南女子。骨骼清秀，温婉娇美，不张扬不娇嗔，总之就是那么恰到好处，让人不能不爱。

剥好豌豆，再切点咸肉，或是配点腊肠，要那种细细的广式腊肠才好，切成丁，和豌豆才般配。这些都好说，只是明早要去再买些糯米，家里只剩下长粒的，吃口还是差些，那种圆圆的才更糯，更香甜。顶顶要紧的，是得记得去肉铺子买点肥膘回来，冰箱里的猪油前两天烧馄饨的时候用光了。这豌豆糯米饭是少不了一坨猪油的，否则哪来的香气。不要说没了灵魂，那是连容颜也走样，不水灵不滋润，干乎乎的，看一眼就失了胃口。

美食么，不美，哪会想食。日常三餐，又不是庙里的斋饭，总是清汤寡水的，哪会有人惦念。所以这猪油该放还得放，而且一丁点都不能少；这腊肠该切也得切，一丁点也不能用其他的替代。还有这豌豆，就该是一粒粒从豆荚里现剥出来的才好，什么速冻的甜豆呀、青豆呀，也统统不灵。守着时鲜不爱，岂不可惜。

翻翻日历，立夏日不是周末，否则让囡囡相帮着剥豌豆多好。小孩子坐那，一会工夫就能剥上一碗，豆子顽皮，时不时就会跳出来，看着她左寻右找的，忙上忙下，也是开心。

那就留两个豆荚给她吧。豆荚中间用叶柄撑开，就像一条小船，在水上漂漂荡荡，放两粒豆子坐在船里，摇晃着多惬意。只是不知道，这样的豆荚船，她还能再爱多久。

端午与五黄

端午，老底子说起来，是毒之又毒的日子。毒月毒日里，五毒要出来了。排名第一的要数白娘娘了，睡了一个冬天的白娘娘，自从惊蛰日醒过来后，整个春天都在复苏，夏日到，端午至，也是她最活络的时候。好不容易到人间走一遭，可惜的是遇到糊涂许仙，一杯雄黄酒下去，立马现了真身，把一段恩情白白断送掉。

白娘娘变回了白蛇，五毒里面位列第一。除此之外呢，还有蜈蚣、蝎子、壁虎和蟾蜍，反正件件都是毒物，件件碰了人身，都要人好看的。避之又避，躲之又躲，倘若还是不放心，就得再加一道保护，那就是以内养外的方子，吃。

吃，真真是最重要的。以形补形靠吃，冷热综合靠吃，以毒攻毒，也得靠吃。毒日子里，除了粽子外，还得吃五黄，黄瓜、黄鳝、黄鱼、咸蛋黄、雄黄酒。不过前四黄，小菜场里都能买到，只是这最后一黄，有点难办，属于药材。可中药铺子里，也说这雄黄，是毒之又毒，如今卖不得了。所以，五黄缺一黄，也就顺势换成了枇杷。

翻一张清代任伯年的《端午图》看看，里面有菖蒲、艾草和蒜头，这些叫做"天中三瑞"，不用是来吃的，是摆设用，驱毒辟邪。画里还有条黄鱼，和一大串枇杷，黄澄澄的，带着叶子。任公江南人，这端午的景致里，就是寻常人家的样子。插三瑞，吃五黄，喝点小酒，悠哉游哉。

端午时候，苏州东山的枇杷正当时，看起来清秀得很。剥开来，里面水灵灵，糯答答，甜咪咪。吃完几颗，手上就黏黏的，要去擦擦，喝口茶，再继续剥。五月的茶，还是今年的新茶，一杯碧螺春，一碟子白玉枇杷，吃下去，神清气爽，什么毒不毒的，也就不打紧了。

枇杷是黄的，黄鳝和黄鱼，那只能算微黄。生的时候，皮色上微微泛着黄色，若是清蒸，还能再见到点，若是红烧，浓油赤酱一翻滚，也就全然不见了。黄不黄的，不打紧，好吃就好。初夏时候，黄鱼肥美，黄鳝肉鲜，自然不能错过。黄鳝么红烧，配上点五花肉，入味得很。

黄鱼还是清蒸，配点雪菜、姜丝，搭搭味道更好。吃起来，细细地，一筷子、一筷子地挑，去了骨头，裹点雪菜进去，不能多，多了太咸，也不能少，少了味不鲜。就这么，一筷子、一筷子地吃下去，留个头尾在那。端午是个大节日，席面上不好吃相难看，鱼头总不好再去碰了。再说上海人管笨脑子叫"黄鱼脑袋"，可见里面也没多少内容好吃，留着也就留着吧。

咸鸭蛋黄，这个齐白石蛮欢喜。他的《端午美味图》里，三枚粽子，几颗樱桃、荔枝是应景的，一牙切开的咸蛋配着黄酒，蛋黄油津津，好大一个。只是不知道，他是先吃蛋白呢，还是先吃蛋黄，或是一口蛋白一口蛋黄匀着吃。看着画上的样子，应该是四分之一个，那剩下的三牙呢？是不是留着晚上再吃酒呢。齐白石小气，也是众人皆知，出了名的，这种做派也正常。

这四样，都好说得通，只是这黄瓜，是外面碧碧绿，里面生生青，哪里有一点黄呢。偏偏因为叫了"黄瓜"这名字，所以也被列进五黄里了。罢了，罢了，黄瓜凉拌拌，也是好吃的。配着咸鸭蛋，配着黄鱼和黄鳝，再倒一壶黄酒。没有白娘娘，不用放雄黄。

咸鸭蛋么，大过节的就不用省了，一人一枚，往桌子上一磕，剥开了小口子慢慢挖着吃，一筷子下去，滋滋冒油。

夏日咸鸭蛋

夏天的餐桌上应该有一枚咸鸭蛋，切开，像花瓣一样摆在碟子里。鸭蛋的皮是青的，青皮鸭蛋比白皮的味道好，样子也俊俏。吃的东西不但要讲口感，卖相一样重要，哪怕是臭豆腐，都要四四方方的，端正些。咸鸭蛋的蛋黄是红色的，朱砂一样，流着油，慢慢地渗到蛋白上，显得蛋白格外的白，格外的细致，这样的咸鸭蛋，一定是好吃的。

咸鸭蛋过粥、过泡饭，都很搭。暑天热得昏天黑地的，胃口差，油腻的东西吃不太下，清淡的粥菜好一些。咸鸭蛋，咸津津的味道浓，配着温吞吞的粥或是泡饭，吃下去蛮落胃的。

挑一瓣咸鸭蛋，去了壳，放在粥上。一会儿工夫，泛起一层油花来，金黄金黄的。出油的咸鸭蛋才是一枚合格的咸鸭蛋。

咸鸭蛋最好吃的地方自然是蛋黄。泛着油花的蛋黄吃起来沙沙的，又是绵绵的，有种说不出的鲜味。所以总是第一时间把蛋黄吃了，最美味的总是最先享受。然后再吃蛋白，那挑去蛋黄后的蛋白如同月牙一样，弯弯的，有点孤零零的。腌得好的话，蛋白也好吃，虽说比不上蛋黄那么鲜美，但没办法，最好的永远就是那一丁点，总不能为了它就放弃所有。做人做事，都不能钻这个牛角尖，否则是要吃苦头的。

好吃的咸蛋白，不木不柴，吃起来有弹性。那个咸度也是可以接受的，配着粥饭，倒也刚刚好。所以说，度这个东西是世间最难拿捏的。比如这咸鸭蛋，蛋白好吃的话，蛋黄的油和颜色就不是最旺最红的；如果蛋黄油花四溢，那蛋白多半是咸得上不了口了。两者互相般配着，才是刚刚好。

欢喜喝老酒的人，因为咸鸭蛋也是值得喝两杯的。当然，其实其他菜也可以，但喝酒总要找个由头，咸鸭蛋算是一个理由。一枚咸鸭蛋、一碟油汆花生米，外加点什么其他的，就是蛮不错的下酒菜了。如果有朋友一起陪着喝，那咸鸭蛋还是要切切开，互相分分。如果是一个人自斟自饮，那就不用那么麻烦了。拿起鸭蛋，分好头尾，是的，鸭蛋也是分头尾的，中空的那端算是头吧，实心的那段就是尾。用头的部分往桌上一磕，剥开一个口子，就好吃了。咪一口老酒，用筷子挖一点咸鸭蛋。牛皮吹吹，汕胡嘎嘎，味道是老好的。

吃到蛋黄的时候，如果孩子在跟前，自然是舍不得自己吃，要省给孩子的。来一筷子，再来一筷子，一个蛋黄有多大，两三筷子下去，也就没有了。做大人的就这样，只要孩子高兴，什么都好。

那沾着点蛋黄的部分也不错，自己慢慢一点点地挑出来，继续过老酒。一个咸鸭蛋能吃好久，多久呢？至少是晚上新闻联播的一般时长。挖空的咸鸭蛋只剩下个壳，透着光，轻零零地搁在饭桌上，时不时地还会左滚右滚。

又一天过去了，第二天，还是那么热，晚餐桌上还是少不了要有咸鸭蛋。两枚吧，一枚过粥，一枚过酒。

雪菜蒸黄鱼，可心就好

没觉着什么，天就热了。收拾起春日外套，把轻薄的真丝、棉麻一件件翻出来，熨烫好，挂在衣橱里。一弄就是半天过去了，这种细碎的家务事最磨人，一番折腾下来，腰酸背痛，站也站不住，只想搬把躺椅来，好好歇歇。

坐下来一口气把茶喝干，其实很想去添点水，可实在站不起来。暖水瓶在厨房，要知道，去了厨房，没大半个小时是出不来的。所谓眼不见为净，干脆不去，忍一忍，再歇上一会。抬眼看看钟，那滴滴答答的指针怎么走得这么快，眼看着又要到烧晚饭的时间。夏日太阳落下得晚，窗外一直明晃晃的，总让人觉着还早，一不留神，就已经是孩子放学的时候。

一早就想好，今朝是吃力的，晚饭尽量省点力气，弄些轻便的小菜。烧菜这种事情，其实是要费点心力的。搭配得好，还要掌握好节奏，不能把所有的事情都堆在最后，那样真要吃力死。一天忙下来，人已经很疲惫，再一个接着一个地炒，而且只只要吃热的，那真是折磨死人。客堂间里等得不耐烦，厨房间里弄得手忙脚乱，急死累死，不值当的。

好吃的小菜有很多，费功夫的菜放到休息日，不用赶时间，慢工才能出得了细活。平日里么，那就弄点简单些的，除了炒，还可以凉拌，蒸呀，烤呀。如今厨房设备齐全，多换点花头，效率也高出好多来。热天里，蒸菜蛮好的，清爽，便当，十来分钟的样子，就能弄好一个，爽气得很。

想好了菜单，买起菜来也从容。一早直奔鱼档，挑几条小黄鱼回来。好的黄鱼黄澄澄，鱼鳞闪闪亮，拎起来挺括得很。鱼档的老板娘是熟人，价钱呀斤两上从来都老实的，不过这手脚和语速是一样快，一边和你聊着一边就自作主张帮你挑好了。大面上鱼是漂亮的，自然也少不了混进一条卖相稍微差点的，生意人么不可能不精明。也不用动气，自己留点心，不作声地把那条拣出来放回去，就说是有点多，那些够了。

大家心知肚明，上了秤，收拾好装进袋子里，外面再套一只干净的马甲袋，递到手里。对了，再塞上几根小香葱，也算是贴心的，鱼么，不管怎么做，总能用得到的。

再去酱菜铺子看看，那一个坛子接一个坛子排着，有的浓油赤酱，有的鲜辣火热，也有那脆生生清亮亮的，看着就舒服。和老板说，称点雪菜，不用多，两棵就好，蒸黄鱼，剩下的么顺手再炒个毛豆。天热了，咸菜最好，开胃。

挺括的黄鱼，铺上清爽的雪菜，几片姜，倒点黄酒，至于那小香葱，先不用放，混进去反倒坏了味道。蒸锅里水开了，放进去七八分钟的样子就好。端出锅后，再撒上葱花，热热的油淋上一勺，滋啦一声，香气也随着出来了。

有人说蒸的时候雪菜要先煸炒一下，有人说要放坨猪油进去蒸，还有说摆点毛豆，更增鲜。其实都蛮好的，家常小菜么，自家欢喜就好，口味这种事情，没什么太多道理好讲。所以告诉你，蒸的时候撒半勺白糖的，你也不要大惊小怪，反正，家里人是欢喜的，一直这样吃。

窗外的颜色有点暧昧起来，微微泛出金色，真是晚了。得起身去厨房，开火，一个灶头炒米苋，一个灶头蒸黄鱼，至于凉拌的小菜和罗宋汤早就备好，一刻钟后就好端去客堂间，不慌不忙的。

掀开锅盖，白茫茫的水蒸气氤氲开，弄得像仙人一样。今天的黄鱼确实不错，新鲜，只是雪菜差口气。如今小菜场里的雪菜腌得时间不够，总是不香。明年开春还是自家腌一点，放在冰箱里慢慢吃。累是累的，但想要遇到可心的，哪有不累，吃的穿的是这样，还有可心的人，更是如此。

一起炖蛋的，是蛤蜊，更是心思

初夏时节，绿荫婆娑，栀子花香时不时地在空气里飘荡。清朗的日子，人的心情也跟着大好。换好衣裳，收拾停当的主妇，笃笃悠悠地去菜场挑挑拣拣，弄点精细的小菜，配得上这份好心情。水产摊上，贝壳新鲜肥硕，称上一点，不用多，十来只的样子就好。配上昨天乡下亲戚送来的草鸡蛋，蛮好一道蛤蜊炖蛋，想想就很鲜。

蛤蜊买回来，养上半天，泥沙吐吐净，里里外外收拾好，再去下滚水里氽烫。十来秒的时间，蛤蜊壳开，就好捞起来。其实，如果手艺好，只是蒸蛋羹，蒸得嫩嫩的，撒点葱花，淋点酱麻油，就已经很嗲。大观园里的娇小姐生了病，不也会想着要吃炖蛋么，为此还发过脾气，生过气。可见吃这件事还是蛮重要的，它总和心情有关系，自古如此。

一碟鸡蛋羹就能影响心情，若是配上这小河鲜，家常小菜一下子就变得精巧起来，心情应该跟着好上几分了。当然，做法上也更烦琐了些。找一个好看些的盘子，整整齐齐地将蛤蜊码上去，做一圈围边，中间再搁上几个，疏密有序，赏心悦目。然后再倒入蛋液，放到锅内隔水蒸。蛋要滑嫩，平整，不能有气泡，蛤蜊一枚枚如花瓣一样，在盘中绽放，一样再撒几粒葱花，斩得细细碎碎的那种，淋一勺生抽，淡淡的就好。

其实家常小菜，简单是一顿，考究也是一顿，日复一日地，想翻点花头出来，确实不太容易。一桌荤素，若是只只考究，那得前后搭上两三天的工夫，除去年节里，其他日子是没有那么多时间和心想的，除了吃喝，还有太多的事情要操心，力气总是要省着点用。不过挑一个费点心思，总也还是可以，不吃力，又能锦上添花，这样的心思，上海女人，最懂。

比如老底子的旗袍，哪怕是家常穿的，也是有好多讲究。料子选好，再选滚边，是滚单边还是滚双边，这滚边的颜色，是和主料选一个色系，还是选反差色，这就看各自的眼光了。还有扣子，这盘扣是打最简单的一字扣，还是配一个琵琶扣做点缀？心思多花一点，这衣服做出来，立马就不一样。慢慢地，旗袍不流行了，年轻的姑娘改穿连衣裙，那花边那腰带，同样要花心思，一代一代的上海女人，就这么似水流年。

会花心思的人家，日子总是过得更有滋味些，男俊女俏，儿女可人。穿得山青水绿的，出入都能引得邻里多看上两眼。至于这每天的小菜，有这份心思在，自然不会差到哪去。

　　端一碟子蛤蜊炖蛋上桌，放在中间，让围坐在四周的家人都方便吃得到，不偏不倚，再放一把调羹在旁边，更是贴心。先舀一勺给孩子，放在饭上，蛋羹配着米饭，鲜滑得很。再将蛤蜊中间的肉细细地挑出来。这天餐桌上欢声笑语间，自是多了点丁零当啷的声响，一枚枚蛤蜊壳落在骨碟里，此起彼伏的。

黄鳝，欢喜就好

从端午开始，黄鳝就肥美了，肉更细致，烧起来也更容易酥烂入味。所以端午的五黄吃食里，就有一道黄鳝。然后一整个夏天，黄鳝都蛮受欢迎的。夏日里暑气重，大荤吃不下，黄鳝吃口清爽些，也鲜美，倒是蛮合适的。

有人说，如今的黄鳝都是吃药饲养的，野生的黄鳝才好吃，养殖的不行。不过黄鳝要烧得好吃，倒不用去纠结野生的还是家养的。反正我就是小菜场里买来的，摊主说是野生的，那就是野生的吧，摊主不说，看看成色，问问价钱，合适了，那就买。买好了黄鳝，记得要去买一块五花肉，稍微肥一点的，这才是黄鳝的灵魂伴侣。

五花肉最好再加一点点咸肉，和黄鳝一起在油锅里煸透了烧，这样黄鳝才能更入味，更重要的是能去除土腥气。上海人平日里不太吃大蒜头，但需要的时候还是别拒绝的好。红烧黄鳝里扔两个进去，能化腐朽为神奇的。烧出来，大蒜你还是可以不吃，但黄鳝的滋味确实好了很多。

红烧的黄鳝，需要切段，烧鳝段有个正式的名字叫"红烧马鞍桥"。鳝段弯弯的，烧之前最好在上面再划几道，这样烧出来后样子更像马鞍。

黄鳝也能划鳝丝，粗一点细一点，不同的部位再分分开，就能有不同的做法，炒软兜，响油鳝糊，都蛮好吃。要够油、够烫、够浓郁，有人说最好去店家吃，自家的煤气灶没有那么大的火候，自己的厨艺也不来赛，所以烧不出大师傅的味道。这是当然的，但日常过日子，也没那么多讲究，开最大的火，舍得起个大油锅，再多操练几次，也能做一盘蛮像样的炒鳝丝的。不分什么软兜还是虎尾了，菜场里让人划好的那份鳝丝，只要新鲜就行，配上点胡椒粉，一样好吃，一样适合过老酒的。

估计你是不是还想问我，炒鳝丝里应该是放笋丝呢，还是茭白丝。这个问题好回答的，有冬笋的时候放笋丝，有茭白的时候放茭白丝，一点都不会搞混。如今的蔬菜，虽说都是大棚里种出来的，但这两样都属于时鲜货，不会在一起别苗头的。吃腌笃鲜和吃油焖茭白的时候，时空重叠不到一起，一个是穿羽绒衫的时候，一个是穿连衫裙的时候，中间还相隔着一个蚕豆季呢，两两不搭界。所以不用纠结的，立夏后茭白上市，配一点和鳝丝一起炒炒蛮好，清爽的。其实要我说，如果你鳝丝买得够多，那这个问题就完全不存在的。要问纯炒鳝丝好吃哦？我觉得不错，当然个人口味不一样，蛮难有个标准的，还有呢，就是价钱不一样，其他，没啥了。

　　我还欢喜黄鳝烧汤。黄鳝骨头熬汤，雪雪白的，煮面吃也不错，再放点鳝丝进去，多撒一点白胡椒，很鲜美。还记得疫情期间，那个苏北话视频么？一个呱啦松脆的苏北小卡通，在那说着能出门后的各种愿望，其中有一项就是"能出门了，去吃长鱼面，只吃长鱼不吃面"！这个长鱼就是黄鳝，长鱼面也是淮扬一绝。当去吃碗长鱼面都要许愿的时候，你还会再纠结，黄鳝是不是野生的哦？

雨天，它们萍水相逢

在诗人戴望舒的记忆里，有那么一个雨天是丁香色的。丁香一样的颜色、丁香一样的芬芳、丁香一样忧愁的姑娘，撑着伞，独自彷徨在悠长又寂寥的雨巷。而他，一样撑着伞，一样在雨巷，独自彷徨。

那是把油纸伞，如今已经不太见得到。这样的伞，许仙和白娘子也用过。记得他们相遇，就是在雨天。断桥上，隔着连绵的雨丝，遇见彼此。一把油纸伞一借一还，惹出千古情仇。这场面李碧华写得好，《青蛇》里有那么一句台词始终记着，"在这伞下的辰光，雨落如花，花烁如星，正是一个绮梦的开端"。

伞下有绮梦，绮梦是这样开始的。雨天，不管是从前还是现在，若是你或是他忘记带伞，若是他或是你，带着伞等在那，然后，默默地一起撑伞同行。这时候，伞下的世界倒是安静得很，安静得只能听到雨落在伞上的声音，错落着，雨落如花，一朵朵落在伞上，落在地上，落下又溅起。

伞，很日常的物件，却因为这些而不再平常。

伞遮风避雨，还带着一份说不出的安全感来。雨天，独自撑起一把伞，伞下的天地就是自己的，不用再和路人擦肩而过，衣袖上不想留下陌生人的味道。也终于可以不去看对面的一切，只需留心脚下的路就好，默默地走上一程。

这一程是一段，有时也是一生。

原先姑娘出嫁，新娘自己拿着团扇遮面，送亲的会在一旁为新人撑着伞，护送着一直到婆家。能做的也就是这么多了，帮着再遮一次风，再避一次雨，后面的日子就得自己过。伞要自己打，还得慢慢地撑起一个家。

看看那个"伞"字的繁体如何写，傘，一个伞下遮挡四个人。为这么多人遮雨，伞，从造字开始，就有着温情在。朋友有幸，家有四个小娃娃，天真烂漫的年纪，都还是整天黏着妈妈。如今的雨天，妈妈站中间，是一把伞下四个娃。一些年后呢，每个娃各自有自己的家，撑着各自的伞，带着各自的娃娃们，回家吃饭。那些伞撑在一起，场面有些热闹。

除去雨天必备，伞还能遮太阳，上海人管伞就叫"阳伞"。记得小时候弄堂里时常能听到叫卖声"棕绷修哦，修阳伞"，穿着蓝布衫的小摊主走一路叫一路，然后主妇会把坏的阳伞拿出来修理。换骨架，换伞面，能修的修修好，还能再用段日子。修伞摊旁总围着好多小囡看热闹，叽叽喳喳的。

后来80年代，改革开放了，广州、深圳先热闹起来。电子表、喇叭裤、自动伞成了时髦东西。两折的、三折的，一按一抖，哗啦一下就打开，这种伞，下雨天不舍得用的，是夏天带着撑太阳的，配着花裙子，走在马路上感觉很扎台型。

如今这一切，都变得稀松平常。伞总是在还没坏的时候，早已不见踪影。

转眼又到梅雨季，江南的日子，天天淅淅沥沥落个不停。

走在街上，鲜艳的、不鲜艳的雨伞萍水相逢，又一一错过。再撑开时，昨夜的雨，洒满衣袖。

花露水，总是应该装在绿色玻璃瓶里

天一热，不对，应该是天刚刚开始热，主妇就惦记着看看家里的花露水还有多少。记得去年那瓶还剩下些，好好地收在柜子里。一个秋冬，再加一个春天，应该不会挥发掉太多，从端午用到出梅应该是够的。

江南的梅雨季，真是糟心。哪哪都是黏答答的，身上总觉着不清不爽，扇子一刻不停地摇也没用，还是闷得透不过气来。还有那股子味道，衣服晾在阳台上，一天一晚又是一天一晚，摸在手里还是潮扭扭，带着一股子隔夜味道，怎么也去不掉。这种味道，会散开的，弄得满房间都是，没多久，自己也好像被浸在隔夜的泡饭里，越来越不舒服。

点支香能散散味道，但家里又会有股烟火气。这种气息有人欢喜，有人是拒绝的，总会让人想起点什么来。比如庙里似乎就有这种味道，还有小时候邻居家那个太奶奶去世的时候，弄堂里总是会有这个烟气，那一阵子，隔一段时间就会飘出这种味道来。再热的天，也只好把门窗关上，好久都散不去。

插把栀子花也蛮好，栀子花很香的，又漂亮。白的花绿的叶子，就那么一把，房间里就喷喷香。不过它不好凑近了闻，那样反倒不觉着什么，离得稍远些，风一吹过，那香气就往鼻子里转了。栀子花的香甜腻腻的，和秋天的桂花赤豆羹一样，闻上一会就会让人懒洋洋的，弄得小囡作业没写上一会，就没了心思，总想着去含个话梅吃吃。

　　最合适的香气，还是花露水，装在绿色瓶子里的那种。那个绿色玻璃瓶，高挑秀气，摇一摇，看得见花露水在里面晃动。那个绿，浓郁又通透，看上一眼就觉得舒服。

　　记得老底子的花露水瓶子是另外一种模样，上面贴着张美人图片，不是照片是手绘的。后来记得看过几张那时候的广告，月份牌样子，上面的美人更哆更迷人。一张是一对美人站在花丛里，一美人臂弯里捧着束鲜花，另一位捧着个花篮，篮子里的玫瑰大朵大朵的，鲜丽得嗦。还有一张，姐妹花各自换了身行头，也是旗袍，但式样摩登了不少，背景里的花园也是西洋式的，花团锦簇的。

　　这样的花露水是装在黄色玻璃瓶子里，琥珀一样。家里的梳妆台上至今都有一瓶，旧箱子里翻出来的，瓶盖都没拧开过。里面的花露水剩下不多，瓶底还有些浑澄澄的。它就那么一直留在瓶子里，连同那些年月的花好月圆。

　　过去的就让它过去吧，留在瓶子里的那些香气，就还让它留在那。那个瓶盖也继续不拧开了，继续放在梳妆台上，轻轻的。每天拿起来擦擦干净，那股子香气会时不时地散出来些。

也许是时间久了，这味道太浓，太腻，反倒不太适宜。花露水，就应该是清爽的，带着点薄荷味，香得简简单单。

那个绿色玻璃瓶里的花露水就是这样的，拧开瓶盖的一瞬间，那股子清爽的香气就散出来。香啊，要赶紧多呼吸几次，把这香气留在心里。头晕脑涨的时候，花露水能让主妇缓过神来，该记的账本，该理的东西，还有这个月生日的亲眷们，都得要备好礼物了。一年四季，大小节日，还有红白喜事、大小生辰，真是多得不得了，哪一个都不好漏掉，否则要引来一大堆的麻烦。赔不是的滋味可是不好受的，一个家，真真不太好当。

瓶子里的那点花露水，先洒上一点，去去房间里的味道。等明天雨停了，再去买上一瓶。出了梅，没多久就入伏了，三伏天里，花露水总是不好断的。

每天出门前，在手绢上淋两滴，那手帕就蛮香的，用来擦汗也好，扇风也好，或是遇到什么难闻的味道，有它挡一下，那能好很多。否则那些汗味，直愣愣地冲在面前，实在吃不消，要窒息的呀。眉头微微皱下，手绢挡下，有分寸的那位，大多也就不好意思再贴过来了。

这花露水的味道从早到傍晚，一点点消散，裙子的侧袋里，手提包里，都染上同样的香气。有这种味道在，多少觉着安心点，高温警报也好，雷雨警报也好，该做的事情一件一件，拖拉不得。清好账，这夏天才能过得舒坦，否则粘在心里，好像永远都是黄梅天，日子没个盼头，那才真叫作孽。

傍晚，织锦缎一样的云霞铺满了天空，家人陆陆续续回来了。糟带鱼、肉饼子蒸蛋、清炒米苋、开洋冬瓜汤，再加一碟酱瓜毛豆，主妇备好了晚饭，舒舒服服的一餐，落胃得很。

今日股市收盘说是不错，这两天涨了不少呢。

隔壁李家小妹从日本带回来几件时装，样子蛮时髦的，比时装公司买的还要好看。

明天好像又要 37℃ 了，这月的防暑降温费不晓得还会多些哦？

对了，今年的仁丹、风油精好像还没发么，还有花露水，总是也有的吧！

边吃边聊，边聊边收拾好，一天的事情算是弄停当了。喊一声小囡，好去洗澡了。浴室里出来，洒好花露水，拍好痱子粉，去吃西瓜也好，看小人书也好，睡觉前的那段时间，随她去了。

夏日的夜总是特别安静，难得的清凉，要好好享受。洒了花露水的小囡这会好像也没有那么淘气了，在一旁乖巧地坐着，电视里的连续剧今天又更新了。

一夜无话，又是一个高温天的清晨。

早上总还是风凉些，打开窗换换空气，给自己也换一件新的真丝裙子。晾衣架上收下一块干净的绣花手绢，依旧滴两滴花露水。绿色的玻璃瓶放放好，这瓶是新添的，有些日子好用。

对了，花露水，真丝裙子上是不好洒的，一滴上去就是一块黄斑。你不要问主妇是怎么知道的，总之，她是晓得的，而且长远记得。

绿树阴浓夏日长

"绿树阴浓夏日长"，翻翻故纸堆，说几件属于这个季节的雅趣。

一 赏荷

喜欢看《浮生六记》，薄薄的小册子，很好读，放在案头时常翻了再翻。属于不用从头开始，随便从哪页开始，都能往下继续读的那种。经得住这么翻的书没几本，《红楼梦》是一本，《浮生六记》算一本。挺喜欢芸娘，是个有点子文艺情结在身上的女人，除了她给沈复张罗讨小妾这事不靠谱之外，其他的都还挺讨人欢喜。今天说的生活美学、仪式感，在芸娘这，一切驾轻就熟，日常得如同习惯品性一样。

夏天里文人们都爱赏荷，诗呀词呀画呀是作了又作，芸娘赏荷的方式有些特别。她看到荷花晚上含苞，早上开放，就用纱袋装了茶叶，日落时放进花蕊，早上取出来，然后用天泉水冲泡。沈复评价说，"香韵尤绝"。

有荷香又不见荷的影子，这种品格确实要比茉莉花茶的段位高些。喝起来淡淡的，一方面得细细品，一方面得借着院子里的花香，再努力脑补下芸娘做茶的情影，五感六味统统打开，才是这盏茶的妙处。

古人赏荷办雅集想出了很多花样。大明湖畔曾有雅士作碧筒饮，把一片荷叶卷起，里面装上米酒，再用簪子刺破蒂心，然后从叶茎中吸美酒。这叶茎就成了最诗意的吸管。后来皇宫里的能工巧匠用各种材质复刻了碧筒杯，虽然别致，但总是少了份野趣，还是差点意思。

二 香饮

爆款古偶剧《梦华录》，把宋代的生活美学推向大众视野。茶百戏、古茶点，都成了热议话题。剧中女主角赵盼儿俨然一位茶坊里的卓文君，点了一手好茶，还会调制各种茶饮子。宋朝的饮子，有点像今天的各种花式茶，《清明上河图》上就有"香饮子"的广告牌，明晃晃地招揽客人。赵娘子调制的紫苏饮子、红果饮，都蛮适合暑热天，祛暑生津，很受茶客欢迎。

古代的香饮品种特别多，可以加香料，也可以加花草，甚至水果。暑热天，喝上一盏特别舒服。《红楼梦》里宝玉挨打后，也撒娇嚷嚷着要喝酸梅汤，后来王夫人又给了玫瑰清露和木樨清露，让他换换口味。这两种香露来自宫中，装在精巧的玻璃瓶里，还贴着鹅黄色的笺子。据说"一碗水里只用挑一茶匙儿，就香得不得了呢"。宋代的时候就已经有人用蒸馏法来制作花露，到了明清更加普及。这里的两款清露是分别从玫瑰和桂花中提炼出来的，调制饮料，也是金贵得很。没想到，这玫瑰露后来还惹出一段公案，那自是后话。

三 评弹

说到评弹，其实不能算是正儿八经的雅事。听评弹多是在茶铺子里，配着碧螺春，玫瑰瓜子、苏式话梅，有滋有味的。弹词里有杀气腾腾的《林冲夜奔》，也有凄凄惨惨的《宝玉夜探》，各有各的好，不过最适合暑天听的要数那段《莺莺操琴》。叮叮咚咚的琴声，配着吴侬软语的唱腔，得是蒋月泉先生的蒋调才好，婉转多姿，但又不轻佻，一身青衫端坐在那，透着风骨。

顶喜欢开篇的那句唱词："香莲碧水动风凉，水动风凉夏日长。"这本是清代才女吴绛雪的一句回文诗，化在弹词里十分贴切。"长日夏，碧莲香，有那莺莺小姐唤红娘。"唤来做甚，女儿家独守闺房自是苦闷，要焚香抚琴，先是一曲湘妃怨，后弹一曲风求凰，女儿家的心事都付了琴弦。一旁的湖心亭、绿纱窗，还有那荷叶下的戏水两鸳鸯，这样的夏景呀，果真不寻常。

除了茶铺、戏园子，江南的夏日弄堂里也时不时会飘出评弹的叮咚声。或是无线电里传出来的，或是谁家开了唱片机，一早就开始放个不停。和着评弹，寻常人家开始一天的生活，打扫屋子，摘菜切配，夏日的清晨总是忙碌的，也总是美好的。

想来也是有意思，这么热的日子本该十分难耐，尤其是那没有空调、没有冰箱的年月，上蒸下煮的滋味确实不好受，可总有些欢乐和风雅是属于那段时光的，让人惦念着。江南的栀子花、白兰花，别一朵在身上，顶过任何高级的香水，北方阳台前的茉莉花也总在这个时候开得十分恣意，风吹过，香气只往屋里飘。还有西瓜、蒲扇和竹躺椅，不管在弄堂还是四合院，它们总能承包一个暑天的欢乐。

雅有雅的好，市井有市井的乐趣，绿树阴浓，水动风凉，这样的夏日是总该长些好。

茭白与典故

三伏天，实在想不出什么小菜的时候，总会顺手买几支茭白。不管是炒，还是清蒸了凉拌，都蛮合适，再不行，炒个浇头，拌冷面，也是合胃口的。三丝冷面里，少了茭白，比少了灵魂，还要不舒服。灵魂么，各家都有各家的款式，可这茭白，终是夏日里一定会惦念的。

闲来爱翻书的主妇，每年新买回茭白的时候，总要把那典故翻出来再念叨一遍。边剥叶子，边提起这茭白，人家可是江南的水八仙。当然，这八仙，不是张果老吕洞宾那几位道家神仙，而是八味江南美食。茭白、莲藕、水芹、鸡头米、茨菰、荸荠、莼菜、菱角，样样都是鲜嫩嫩、水灵灵的。江南夏末秋初的时鲜，带着点鲜甜，带着点水汽，还沾着几分仙气，一股子不染尘事的样子。

可既然落入人间，走上那么一遭，总得留点痕迹。好在江南主妇善待它，能把它的美味好好地表现出来。隆重一点的用虾子炒茭白，苏州人有耐心，把咪咪大的河虾，分出虾仁、虾子和虾脑来。热天里，吃一碗三虾面，哪怕等上再多时间也是开心的。这虾子金贵，配鲜嫩的茭白，也是搭的，出身、脾气、秉性，都合适。其实别说婚姻，这炒菜也要讲究个门当户对。山珍配海味，天南对地北，当然也能成就佳话，不过总是艰难些。谈情说爱，太困难了也是吃力，三餐日常一样如此，弄得太艰难，还没动筷子，就已经筋疲力尽，真心没必要。人生在世，有太多消耗，还是悠着点好。

虾子茭白好是好，这种小菜还是烦琐了些，难得弄一次，平日常做的还是简单炒炒，蒸一蒸。切两个青椒丝配茭白，一青一白，清爽得很，夏天里看着也舒服，吃起来没负担，茭白的清甜，青椒的微辣，都是欢喜的味道。茭白切成段蒸一蒸，淋上酱麻油，简单好做，味道自是不差。夏日厨房里，吃不消大动作，配个凉拌、清蒸的，只要硬着头皮，起一次油锅就好，这种忍一忍还是可以的。若是七个碟子八个碗，只只小菜都要复杂得咪，哪怕是田螺姑娘也是要逃走了。过日子，是要花力气，但也总得知道怎么省力歇力，这样才能长久。不为难自己，和江南的雨一样，细水长流慢慢来。

今天的茭白就是用青椒炒的，茭白丝、青椒丝，至于肉丝就省了，没凑成三丝。其实如今这日子，对于肉丝真心觉着可有可无了，不管是青椒银芽，还是青椒茭白，都可以只有两样就好，炒双丝更爽气些。否则挑出一盘子肉丝，边扔边觉着浪费，也是觉着作孽。日子长了，总有变化，再般配的事情也会有点不一样。还是那句话，不勉强，不为难，各自安逸就好。

对了，茭白上桌了，这第二个典故还是要讲上两句。茭白是小菜，可曾经是粮食来着。古人曾经只吃它的种子，叫菰米，和黍、稷、粱、麦是归在一起的。到了宋代慢慢地它淡出了谷物圈，人们开始发现它的美味。明代的李时珍说它像笋，还列举了它很多优点，推崇药食同源的人，可以放心吃。翻翻《随园食单》，那写得就更具体了，"茭白炒肉，炒鸡俱可。切整段，酱醋炙之，尤佳。煨肉亦佳。须切片，以寸为度，初出太细者无味"。看来袁枚还是喜欢这种荤边素的味道。

茭白、菰米、菰菜，旧日典故里自是有了太多变数，所以那日子，那段情，变一变，也确实没什么不可以。

绿豆汤，清爽些好

江南的夏天，热，热得天天汗淋淋黏答答，热得茶不思饭不想，连懒觉都不想睡了。老清老早就醒过来。一个个都像是害了相思病一样，魂不守舍的，和这暑天有着说不尽的爱恨情仇。

主妇们一边吹着空调，一边想着厨房间里的热气腾腾，去也不是，不去也不是，真真愁煞人。还有那些好看的真丝裙子，挂在衣橱里多少浪费，可穿去菜场又怕弄脏舍不得，真是穿也不是，不穿也不是，想不定哦。

翻来翻去，还是起床吧，换下小碎花的睡衣，早饭也来不及吃，忙着赶个早市。天热，人受不了，这小菜也禁不住放。总要赶在头里买个新鲜才好。

忙着买，忙着洗，忙着弄好小菜。想想入伏了，绿豆汤总要烧点吃吃的。厨房间里的事情，只要想做，一年四季总有这么多。

淘一把绿豆，一小把就好，今年的新绿豆干净得很，没有沙子也没有什么干瘪的，颗颗看起来都很挺括饱满。

再洗一个百合，今年的百合也蛮不错。菜场里那个苏北女人，见到老客人就要哇啦哇啦地叫"今朝有百合的呀，新鲜的，漂亮得咪"。

新鲜的百合是漂亮的，雪白粉嫩，就算根上沾着点泥，也不搭界，回来洗洗就好。百合和人一样，天生丽质呢，是怎么都好看，要是底子不好，就算再涂脂抹粉也没用，管你用的是扬州的鹅蛋粉，还是法国的香奈儿，统统不行。

烧绿豆汤不难，但也不太容易。绿豆要浸上一会再烧，百合一瓣一瓣掰好，修剪好，这样烧出来的汤才干净。再新鲜的百合，多少也有些不合心意的地方，没关系，耐心点，舍得点，修掉就好。外面的几瓣直接扔掉，有点发黄又有点干，放进去也不好吃，还坏了卖相，没什么舍不得的。里面的那些，看起来还蛮好的，不过一头一尾也还是要修掉一些，不多，就是那么一些，看起来就不舒服。像是一匹绢丝上有了霉点，不注意呢，倒也过得去，可一旦看到了，真是看一眼难过一眼，好似这霉斑不是生在绢丝上，而是直接生在心里一样，非得抹干净了才舒服。都说江南女人作，其实大多时候是作自己，自己心里过不去，别人再安慰都没用。

那就修吧，一瓣一瓣，刻把钟的样子，也就收拾好了。

擦把汗，再忍会热，绿豆好下锅煮起来了，百合呢，再等上半小时。让雪白粉嫩的它们继续浸在清水里，保持住那水灵灵的模样。等到了时候，再放进去，焖上一会就好。

好喝的绿豆汤，豆要酥烂，但又不能捂得太过。开花的绿豆，要那种花蕾初放的感觉，开到荼蘼，那就丢了味道。百合要糯，又不能走了模样，还得是那一瓣一瓣的，有模有样。清的汤，绿的豆，玉色的百合，这样的一锅绿豆汤煮好，主妇的心算是放下了。

回到客厅，空调间里真是风凉很多，喝口热茶，有些心思去看看窗台上的栀子花，昨晚翻的那本闲书也好再看上几页，只是得先花上些时间想想，看到哪章了，书签落在了一边，又忘记夹在里面。咳，记性呀，总是比那茉莉花落得都快。

书拿在手上刚翻了几页，又放下。眼睛是落在书里，可这心全然都留在了厨房，字里行间看过去，哪有锦绣文章，只觉着全是那锅绿豆汤，晾凉了没有？冰糖放得够不够？是不是还要再添些别的？

比如薄荷汁，柜子里有干薄荷叶，前几天蔡同德里刚买回来的，煎一煎熬了水，味道浓郁的。要么去阳台上摘点新鲜薄荷叶，碧绿的好看，味道淡淡的清香，放进汤里也是清凉的。

再比如像外婆那样，放勺糯米饭和冰砖？哈根达斯倒是不灵，最好是光明中冰砖，味道才对。人一到了这个岁数，总是会想起小时候的事情，好像那时候吃的东西最香甜。心里也曾一百遍地告诉自己，千万别像九斤老太那样，总是念叨着"年轻的时候，天气没有现在这般热，豆子也没有现在这般硬"，可这一代又一代的，竟然是谁也逃不掉这轮回，天真的是越来越热，好在今年的绿豆还不错，隔年的那些是真的不行了。

薄荷水、糯米饭、冰砖，还有青红丝、糖冬瓜，最终是一样都不放。想过了，念过了，也就罢了，这清清爽爽的绿豆百合汤，也是蛮好。

身上的汗好不容易收干了，手里的书也好不容易拾起来，除了绿豆汤，一天中还有很多事情要去惦记。三伏天，操心太多，热的。

红米苋，白米苋

我不确定上海男人会不会为红玫瑰还是白玫瑰纠结，但上海女人，一定会为红米苋还是白米苋琢磨半天。天一热，这个问题就时不时地要想上一会儿。

同是米苋，竟有红有白两种选择，说起来是一家门的，但脾气秉性却完全不同。而且欢喜红米苋的，不见得会待见白米苋；同样道理，挑白米苋的，也看不上红米苋的样子。这段公案，估计是包公也断不清楚的。

红米苋叶子里绿中带红，炒起来汤汁嫣然，一片红色。这种色泽在蔬菜中很少见到，看起来有点惊艳。撩一筷子放在米饭上，一会儿就绯红一片。欢喜这种颜色的，喜欢用它来淘饭，看着碗中慢慢被染红，如同画画一般，胭脂色一点点化开，深深浅浅的。有人说张爱玲喜欢红米苋，自己在书中写到，去舅舅家搭伙的时候，时常会端一碗清炒米苋过去，小心翼翼地捧着过马路。可我并不这么认为，带着一碗这样寻常的小菜去亲戚家，想想人家的脸色就知道，不可能有多待见她。那会子自家姆妈为了节省开支，带着女儿去胞弟家吃饭，而且每天都去。就算米苋里加了蒜，就算肥白的蒜瓣被染成了粉红，再妖娆，这种寄人篱下的日子总不好过。那碗红米苋的滋味，估计也只是看起来很好。

白米苋，其实是绿的。碧绿的叶子，清秀得很，一把把扎好摆在那，很是好看。白米苋炒起来清清爽爽，软糯中带着清香。夏日炎热，没有太多时令绿叶菜好挑。青菜、菠菜、鸡毛菜统统不好吃，唯有这米苋还不错。好的米苋炒起来要糯，这种糯，带着点绵软，带着点滑爽，吃在嘴里，有形而又无形。

米苋要好吃，摘的时候要仔细。叶片和叶秆分开摘，长短统一，这样炒起来，卖相好，吃口也好。摘的时候，先掐叶子，再掐秆，稍老一点的就要扔掉，否则吃起来能嚼出渣来。炒米苋的时候，加点水稍微笃一会儿，这样更糯，但不能加盖子，否则菜叶焖得乌糟糟，太煞风景。夹一筷子白米苋在饭上，菜是绿的，饭是白的，青白二色，干干净净。

米苋买来秆子总是很长，再嫩也很少有把秆子一起炒进去的。挑些稍粗的秆子出来，留在那儿用盐稍微腌一会儿，晚上蒸一蒸，再用麻油一拌，味道极赞。不管是红米苋，还是白米苋，秆子总是绿的，一样可以如此弄。上海人家过日子，过得就是精细。叶子有叶子的味道，秆有秆的滋味，一样小菜，两份感觉。

买米苋的时候不太会想着玫瑰的事情。夏日里花难养，不管是红玫瑰还是白玫瑰，买回去没多久就要蔫头耷脑的，一样难看。倒是茉莉花和白兰花，香得不浓不淡，刚刚好。买一对白兰花别在自家身上，再捧一束茉莉回去摆在房间里，至于米苋是红还是白，只要烧得好，都蛮好。

酱瓜毛豆的夏天

老底子买酱菜是要去酱菜店的，最欢喜的那家在金陵路上，不大的一个门面窗口，总是有三五个客人在那排队等着。去买酱菜要带着家什，或是饭盒，或是各种大小罐子。那时候还没有塑料保鲜盒，各种玻璃瓶子、罐子，主妇总是洗洗干净收拾好。在没有打包盒的年代，它们少不了派上很多用场。

记得后来翻闲书，看到有篇写到康有为的女儿家买腐乳，是用一个国外的铁皮巧克力盒子。盒子里有很多分隔，这样每一种腐乳配上酱汁，可以分开来装，不会把味道弄混。一份酱菜也能看得出对日子的态度，精致是一种习惯，一旦养成，很难戒掉。

酱菜店里的品种还是蛮丰富的，一排排的酱菜坛子上盖着块玻璃，又清爽又不耽误客人挑选。记得小时候最欢喜宝塔菜，小小的一枚枚，就像小宝塔一样，吃起来脆脆的，味道很是不错。小孩子拣起一枚，不舍得一下子吃掉，总是一口一层"塔"，边吃边玩，这种小小的乐趣，让日子变得悠长而又新鲜，每一颗宝塔菜的样子都记忆犹新。还有酱瓜，那也是时不时家里要添上一些的。

装酱瓜的坛子没什么惊喜，总是黑漆漆的，腌渍后的酱瓜一根根无精打采地码放在那，大小个头差不多，胖瘦也差不多。只要和店员说个大概的数量，他们自会帮你称重。有经验的老师傅，一夹子下去八九不离十，顶多再添上或是去掉一根，心情好的时候，或是碰上好主顾，多一点少一点不是什么大事情。

酱瓜买回去，只是这么吃倒也不是不可以，就是味道差了点，太咸也太寡淡。考究一点的，把它切成小块，再加点糖淋点麻油醋，拌一拌，要可口很多。再有，就是炒毛豆了。

夏日毛豆时令，好配各种小菜，最是百搭。一早去菜场拎上一袋回来，慢慢剥。暑假里不用上课的孩子最是清闲，总是早早地被大人安排着做些家务，摘菜剥毛豆是逃也逃不掉的任务。一早搬一把竹椅子，让孩子坐在那定定心心开始剥豆子。

不过小孩子哪能定下心来，要么无线电里放着评书，说说鲁智深醉打山门，要么电视机里放放动画片，《黑猫警长》呀，《天书奇谭》呀，哪怕放了很多很多遍，看起来还是津津有味的。一边看一边剥豆子，手倒是没停下来，只是低头一看，豆和豆壳不知什么时候弄混了地方，连忙从里面挑出来。可眼睛依旧不舍得从屏幕上挪开，一秒钟都不想错过。

买好了酱瓜、剥好了毛豆，小孩子今朝的任务算是完成了，继续吃西瓜看动画片，惬意地等着吃中饭。厨房里不停地传来叮叮当当的声响，头顶上吊扇呼啦啦地一直转着，外加动画片里夸张的配音声，小孩子的笑声。实在太好看了，屏不牢要笑出声的。在自己家里，不用装文雅，想怎么笑就怎么笑。

不知什么时候，厨房里的声音小了下来，大人让把电视关掉好吃中饭了。可动画片还没结束，总是再拖一会，要把这集看掉。于是又是一轮大呼小叫，拖拖拉拉地磨蹭好久，饭桌上早已摆好了一碟又一碟，而那盘酱瓜炒毛豆自是少不了。

碧青的毛豆配着褐色的酱瓜丁，就这么简简单单地炒在一起，味道鲜美了很多。有点清香，有点爽口，也有点夏天。红烧大排好吃的，番茄炒蛋也好吃的，但还是时不时会去夹两筷子酱瓜毛豆，筷子夹得太吃力，还是用调羹好，舀上一调羹摆到饭上，吃起来最是开心。

一碟子酱瓜毛豆中午吃，晚上吃，碟子从大的换成小的，早上过过泡饭也好吃。就这样，没过两天，就要拿着家什去酱菜店里，不知道是不是又是那个大个子的爷叔营业员上班，就晓得他又要问每一个去买酱菜的孩子："暑假作业，侬做好了哦?"

油炒萝卜干

每次路过沪杭高速的休息站，一定会雷打不动地拎三样东西回来：文虎酱鸭、金华酥饼，还有就是萧山萝卜干。虽然晓得这萝卜干加了糖精水、甜蜜素，还有各种防腐剂，但还是要买。习惯这种事情，有时候没什么道理好讲。就像张爱玲欢喜上胡兰成，说得清楚原因吗？说得清楚的话，就没那么多风花雪月、捶胸顿足了。

酱鸭当菜不灵，酥饼当点心也不哪能，但做茶食都不错。一路颠簸，回家后窝在沙发上，泡壶茶，啃啃鸭脚爪，吃吃饼，然后酥皮屑屑琐琐地掉一桌子，还是蛮开心的。吃饱喝足，就好去弄那袋特特为为拎回来的萝卜干了。萝卜干洗干净，然后切丁油里炒了过粥最好了。至于丁的大小，就是那种国标尺寸，想想茭白炒毛豆里的茭白、八宝辣酱里的笋丁，就那么大，比画着来就行。一般来说，你可以把一条卖相端庄的萝卜干先对切，然后切五刀，就差不多了。炒萝卜干，要多放点油，混些猪油进去更好，这种素素的小菜，再跟观音菩萨洒仙露似的滴两滴，根本没法吃。大油大火，油锅热了后，倒进去翻炒两下，然后调到中火，加一点老抽、一点生抽、一点糖拌拌匀，炒到水分蒸掉，干身一些就好。炒萝卜干的时候我欢喜放一点点辣椒，就那种干干的小悠悠的红辣椒。春天的时候买些新鲜的回来放在竹筐里，吹吹干就好吃一年了。上海人家不会像东北大院那样把辣椒、蒜头串成串挂在屋檐下，石库门房子也实在没地方，天井里还要放竹椅子，还要种文竹，再说也确实吃不多，所以就用不着那些规模了。

小时候每年秋末妈妈都会腌一点萝卜干。萝卜切成条用白棉绳串起来，然后挂在晾衣竿上，天气好的时候白天挂出去，晚上收进来，反反复复要弄上大半个月。后来有阵子文艺女青年流行叠千纸鹤，每每看到电视里那一串串的折纸，就让我想到妈妈晾的萝卜干，一样会围着绳子跳舞的。家里做的萝卜干会拌五香粉进去，干干的，开坛后妈妈照例是东家一碗，西家一份，然后装上一钢筋饭盒给爸爸带到单位去分给同事。那时候男人的身上、碗里，就是女人的竞技场，山青水绿的，就说明家主婆灵光。

如今腌萝卜干的手艺我还没学会，只好先用这袋装的炒炒过过粥。舀一勺放在白粥上，油花慢慢晕开来，像水粉画一样，然后挑去辣椒，就好一勺勺放心吃了。不过我还是很好学的，天气一冷就决心开始和姆妈学弄萝卜干，学会了到时候再讲给大家听，好吗？

糟带鱼，自有一段风流

江南人，把一整个夏天都浸在了糟卤里。糟毛豆，糟素鸡，糟百叶，糟蹄髈，就这样，荤的素的，一一都糟起来。神奇的是，虽然是同样一个糟卤，但出来的味道却又不太相同。毛豆的清香，微甜，糟卤不会将它淹没掉，而且那碧绿生青的模样，也依旧保留着娇好的容颜，这青，真是从豆荚到豆瓣，一青到底，没有半分乌苏的味道。

素鸡、百叶带着豆制品特有的质朴，蹄髈自是丰腴的，一切在糟卤里淋漓尽致地展现着，又同时浸染上另一种滋味。糟里有酒，但又只是酒，所以似醉非醉，微醺而已。

就这样一种滋味，江南人将它一点点蔓延到整个餐桌，悠长的夏日里，终有一天，也将带鱼一起糟进这个世界里。

糟带鱼，先要把带鱼油里煎一下。均匀的长短，两面金黄，一块一块，整整齐齐地码进糟卤里，浸上大半天。鱼腥气重的东西，光用糟卤怕是压不住，自得再下一些重手笔，花雕、高粱酒，一层层地喷上去。这层次不能错，由浅淡到浓郁，才能将香气层层锁住，等开盖的时候，再慢慢释放。

糟过的带鱼，自是妖娆的，和香煎比起来，独有一段风流。香糟特有的鲜味浸到鱼肉中，将每条肌理都滋润到，啧啧，味道活泼了很多。鲜，鲜得清爽，又鲜得丰富，这种鲜，才忍人欢喜。如同这夏日里的评弹，说一段千古情话本子，那是草蛇灰线伏千里，千回百转牵肚肠，叮叮咚咚里全里戏。这种风流故事，就得这么配着热烘烘的天气，摇着扇子听才有味道，耐得住性子一点点地听着弹词，抽丝剥茧，娓娓道来。

世上的情呀，爱呀，但凡有些滋味的，都不能着急。情要慢慢地生，爱要慢慢地谈，定下心来写一阕"从前慢"那样的诗。不管是从前，还是未来，其实情都是这样。

能耐得住心思谈情说爱的，自也能耐得住心思去品一些有滋有味的吃食。夏日里再热再闷，一天里也总好吃上一顿可口的晚饭。一碟糟带鱼，配上点时蔬，比如丝瓜毛豆，比如清炒米苋，再比如凉拌茄子，清清爽爽的小菜，每碟子又都有滋有味，还都样样不同。欢喜冰爽的，倒上一杯啤酒，欢喜微醺的，还是二两花雕，慢悠悠地一筷又一筷。

糟货的香气是从开坛的那一刻就开始的，它一点点地飘散开来，酒量小的，估计菜还没捡完，人就已经开始要晕乎乎、飘飘然了。糟带鱼一块叠着一块，整整齐齐地码在碟子里，再淋一勺汁在上面，滋味更浓。

这香气，从开始一直持续到结束，都散不去。若是老底子没有空调的日子，家家都开着窗，穿堂风一过，谁家餐桌上有糟货，左邻右舍都晓得，在吃这件事情上是一点私密都没有。其实何止是这一件，还有先前说到的情呀，爱呀，工资呀，升职呀，统统裹着穿堂风，都没了边界。

　　不相信的话，停下脚步站两秒钟，你就能晓得，哪家晚上要吃糟带鱼了，厨房间里的那股子油腥气还在，抽油烟机再努力，也总还是会留下点念想给这里，给那个炎热而又明朗的夏天。

各自安好的扁尖火腿冬瓜汤

世间百态，总有些事情不是能让人一眼看明白的。在台前最风光最活跃的，看似样样说了算的，时常是样样说了不算的。比如一台戏上的演员，不管是大角还是龙套，人前花好月好，活色生香，唱尽人间悲欢离合，牵着观众一会哭来一会笑，总觉着是有万般能耐。其实明眼人都知道，这该如何演、该如何唱，台前的都是由台后的说了算。本子是编剧写的，曲子是编曲谱的，锣鼓点子是琴师掌着，一颦一笑、唱念做打，都得按着章法来。

当然话又说回来，不管是台后张罗的，还是台前演出的，谁也离不开谁。大家互相帮衬着，也互相吹捧着，一团和气地将戏唱下去。而且台前的角更得有眼色些，粉丝面前你尽可以各种自我满足，但回到自家人这里，姿态得放低些，客套话得多说些，将大家抚慰舒服了，后面的戏才能越唱越顺当，否则稍不留神，班底抽薪，大家另捧角，也不是什么新鲜事。

戏如人生，人生如戏，连着做点吃喝也都如此这般。煮一锅汤，汤清料足，吃起来滋味才好。可碗盏里的那些有的吃起来滋味十足，有的则如嚼蜡，万千味道都已经化入汤汁里，剩下的那些，只是象征性地展示一下，如同电影后面滚动的演职人员表一样。它是给圈内人看的，观众能记住的那些，早就在海报上写得明明白白，少有人留在那等着冗长的名单滚完。

夏日里冬瓜是个好物，煮汤最适宜，清火祛暑也爽口。可这好食材真是清淡得彻底，哪怕浓油赤酱地红烧，也是着实寡淡，吃起来毫无兴趣，非得用点鲜味吊一吊，才嗲。可这鲜，又不能太过，一来天气炎热，大荤腥容易倒胃口，要一些雅致些、低调些的鲜才好。看看，这人难弄，吃喝也难弄，同样是鲜，也能分出个三六九等来。等等，不是说黄澄澄的鸡汤不好，只是弄错了日子，也会让人提不起精神来。如同夏日一早听个闲散评弹，自是《莺莺操琴》比个《林冲夜奔》要合适，合适自是好。

和冬瓜般配的一是扁尖，一是火腿。扁尖的鲜，鲜得干净，轻盈，火腿呢，自是厚重些，浓郁些。两个搭配自是刚刚好。滚水里，扁尖和火腿一起翻滚，慢慢地笃上大半个时辰，汤还是清的，滋味早已不再寡淡，这时候再把冬瓜放进去。冬瓜要切片，去了皮，去了瓤，不薄不厚的那种，青生生的玉色，蛮是好看。冬瓜片入了滚汤里，滚一会，笃一会，变得透明起来，恣意地漂浮在那。

盛一碗冬瓜汤，两片绯红的火腿，三根扁尖，细细的。春笋褪去竹色后，沉稳了不少，变成淡淡的藤黄色，倒也别有风韵。至于那冬瓜，清透的几片，多些少些，都看各自喜欢。汤是鲜的，冬瓜片是鲜的，至于那扁尖和火腿，欢喜的尝上一口，不赏光的，直接忽略也不可惜。

世间就是这样，有的天生就是负责捧哏，有的自是要出挑在台前的，各自晓得，各自安好，就好。

凉拌茄子，总也将就不得

暑天，总想在下厨的事情上少用点气力。所幸，比起煎炒烹炸来，凉拌，算是最为省事的做法了。可这省气力一事，时常又只是想想而已，一旦进了厨房，样样都是由不得计划的，弄弄就一堆事情。

没办法，所有讲究的性子，都是因为有颗不愿将就的心。

在中式的做法里，凉拌和热炒是同样重要的。一桌席面上，先出场的定是冷菜，如同西餐里的头盘一样。要轻盈，又不能寡淡，不能抢了后面热菜的风头，但又不能前后断档。如同写文章，起承转合，每个环节都是有讲究的。而且，这"起笔"，好不好，更为关键，整篇文章的氛围就靠它来奠定了。

《红楼梦》里"芦雪庵即景联句"，凤姐起了一句"一夜北风紧"，黛玉表扬她，给后面的人留下太多的发挥空间，是绝对的佳句。

精彩的开篇，吊人胃口，后面的篇章，自是得更花功夫。而且，这冷盘时常在客人来之前，就已摆上席面。推门之时，席面上是姹紫嫣红，还是青绿素雅，客人大致就能知道，今天的宴，会是如何了。

看看，吃喝这种事情，总是这样。原本说是简单一点的，但弄弄就又复杂起来。

当然，这说的是宴席，冷盘是用来撑门面，家常平日里，凉拌一事理应好弄些。

等等，理应一说，就是道理上说起来，可转换为实际操作，时不时地又走了样。

凉拌，原本是为了不用起油锅，夏日里厨房里少些热气，可如果想要加点葱油呀、辣油呀，乃么好咪，还是得起油锅，烧得烫烫的，那股子葱香、蒜香、花椒辣椒香，才能出来。

凉拌，也分为生拌，还是做熟了后，晾凉了再拌。怎么说呢？比如凉拌黄瓜，那自然是黄瓜就这么生脆着，去了皮，切成丝，或是拍成块，加了佐料这么拌一拌。熟拌呢，比如拌芹菜、拌土豆丝，都要先水里氽一下，杀青烫熟了，才好。否则，生来生去的，真成小白兔了，谁也吃不消。

茄子，就属于后者，得熟着拌。细细长长的茄子，去掉蒂，拗成段，记得要长短一样才好。多长呢？不需要拿出尺子来量，一个虎口长就好，女人的虎口大小总是差不多的。记得小时候看大人给孩子量衣料，也就是用手这么比画一下，三个虎口估摸着一尺长，孩子身上比一比，衣料上横过去，竖过来，再比一比，基本也就有数了。衣料比得，这茄子自然也比得，长一点短一点，关系不大的。

掰好的茄段，隔水蒸上半小时，用筷子戳一戳，糯了就好。然后，得用上点耐心，一条条撕开，再用点耐心，一条条地在盘子里码好。左右对齐，一层摆好，再垒上去一层，还是要对齐，上下对齐，整整齐齐的一盘，才是好看。

调个汁，生抽、醋、糖、麻油、辣椒段，再滴一点点花椒油，记得真正一点点就好。

茄子好了，汁好了，不着急，晾在那。等饭煮好，汤笃好，菜炒好，还有，吃饭的人到齐了，桌旁坐好。乃么，酱汁淋上去，茄子端过来。至于拌，其实也就不必了。整整齐齐的菜，就该整整齐齐地吃，一条一条搛，一层一层搛。

如同这家长里短的话，总也要一句一句地说，才好听得仔细，听得明白；混在一起，意思弄杂了，生出多少事端来，总也不太好。

大蒲扇、竹椅子与肉饼子炖蛋

人的记忆里总有那么几道菜是印象特别深刻的。它不名贵，也不复杂，但一定是带着味道，带着香气，一直留在你的心里，只要一说到童年，它就会涌上心头。这，就是家的味道。

肉饼子炖蛋，江南的孩子估计人人都吃过。这是外婆爱给孩子做的菜，一勺炖蛋拌进饭里，淘淘匀，一小口一小口地送进孩子嘴里，又鲜又有营养。大热天，客堂间里闷热得很，外婆会搬两把竹椅子到过道那儿，一把自己坐，一把孩子坐，面对面，大蒲扇放在一旁时不时地摇两下。吃饭胃口好的孩子，就是听话的孩子，老人家总是会边夸边喂饭："乖囡囡，吃得香，长高高，本领大。"孩子端坐在那儿，一口接一口地吞咽着美味的饭菜，这种有滋有味，又容易咀嚼的饭饭，他们是爱的。一会儿工夫，饭吃完，再喝口开洋冬瓜汤，这夜饭就算吃好了。孩子挺着圆滚滚的小肚皮，一旁玩去了。一碗肉饼子炖蛋只剩了一个角，外婆继续淘淘饭。老了，牙齿不好，适合孩子的饭菜，其实也是适合她们的。

肉饼子炖蛋，有肉又有蛋，是大人心中极其理想的营养餐。它是荤菜，又不是大荤，鲜咪咪香喷喷，做起来也便当。哪天小菜备得不适合孩子吃，再添一个肉饼子炖蛋就好了，不起油锅不费事，天热的时候最适宜。

好吃的肉饼子炖蛋做起来也有讲究的，首先肉要好。倒不是一定要什么黑毛猪、有机猪，而是这肉糜要用刀斩出来，机器里搅碎的那种不好吃，口感差一点，这和做狮子头是一个道理。三肥七瘦，一刀刀斩碎，当当当当的节奏声，响那么一会儿就好了。炖一个蛋用不了多久，备一点料就行。

我一直认为肉饼子炖蛋是要把肉糜和鸡蛋搅拌匀了再蒸。反正家里就是这么做的，从小吃到大都是这种样子。直到后来去了食堂，大菜师傅把四四方方一块肉饼铲到我面前的时候，我真的惊呆了。肉饼在下，上面落着一个鸡蛋，这就是分量十足的肉饼炖蛋，看着它我毫无胃口。

肉和蛋就这么分离开，你住你的一楼，我住我的二楼，泾渭分明的样子，只是因为必须在一起而在一起。没有交流也没有沟通，这种滋味，真是一言难尽。

还是喜欢让肉和蛋搅在一起，你中有我，我中有你。肉的汤汁浸在蛋液里，随着火候慢慢地蓬松起来，香气也随之飘散开。喜欢翻花头的人家，好撒一把毛豆在里面，有点绿色蛮不错的。或是敲一个咸蛋进去，那么滋味就更加浓郁了。只是小孩子要摇头了，咸死了咸死了，饭饭吃进去吐出来。明天得补囡囡一份正常的肉饼炖蛋，还是那个样子，还是那个味道，孩子欢喜的味道。

念想中的鸡头米与芡实

　　《红楼梦》里的宝玉很疑惑，为何女人结了婚，就从冰清玉洁的珍珠，变成死鱼眼珠子，木答答的，没了灵性。尤其是那些有了一把年纪的婆子，别说女性的美好，连一点子同情心也没有，讨厌极了。

　　另一个喜欢动不动就发点牢骚的男人，方鸿渐，对这种变化也有太多看不懂的地方。他搞不明白，孙柔嘉是什么时候从一个天真纯情的女学生，变成世俗不堪的市井女人的；而他又是什么时候不再和苏小姐平起平坐了。如果说苏小姐是因为那个四喜丸子才变得贪财又刻薄的，那自己身边的孙小姐呢？到底是谁改变了谁？他困惑了。

　　男人看不懂女人，女人也看不懂男人。翩翩白衣少年，转眼就变得油腻不中用，唯唯诺诺，只会在家发脾气。孙柔嘉眼中的方鸿渐就是这样的，连同她的姑母还有用人李妈，都是这样看。

　　是呀，好端端一个留洋的时髦男人，怎么就这样了呢？估计只有时间能明白这一切，或是也不太明白。

变化总是那么猝不及防，容不得挥手告别，等再见时，已是沧海桑田。感情是这样，世间草木也如此。拿捏着一股子念想，累着自己，也牵连着彼此。倒不如，把那份念想，留着。

夏末的苏州，鸡头米上市。没有什么声响，就这么默默地摆在那。也是，每年这个时候都这样，前后也差不了几天的样子，总是能见到它的踪迹。惦念它的人，日日盼时时盼，见到的那一刻，也免不了激动一会。若是在菜场里遇见，总要称上半斤，嘴上埋怨着价格又高了好些，但也还是要问问摊主，明天还来不来，吃得好，得再定上一些。

若是在馆子里遇到，那定是要加上一份甜点的。糖水鸡头米，撒上一把桂花，清甜爽口，鲜灵灵的。一定要用白瓷盅盛着，配的调羹顶好也是那种小小的，一勺一勺，慢悠悠地尝。太大了，一下子涌进嘴里，反倒没了滋味。

鸡头米，水八仙，时令风物也就半个月的时间。说起来仙气飘飘的样子，可食客见了却总是一股子急吼吼的感觉。见了就不能错过，每天一盅不嫌多，吃一次感动一次，惦念一次。遇见好品相的，买了回去和家人分享。如此这样还不够，总还要再多一些才好。把冰箱里的一层腾空，一包包封存好，恨不得让鸡头米陪着过了秋冬，再续上来年的春夏。

冰箱里，封存的不只是夏末的风物，更是一份念想。那些有着执念的人，觉着唯有留在身边，看得见，时时吃得到才觉着踏实，哪怕它早已不再是时鲜。

没有封存起来的鸡头米，转眼变成了芡实。一样是白色的，玲珑的，但不再鲜嫩，硬实了很多。芡实也可以做甜羹，只是得更费上点功夫，浸泡上三四个小时，小火慢炖才能酥烂。不像鸡头米，滚水里经受不住几十秒的翻腾，就得盛起来。那份鲜嫩，是用快与急换来的。

芡实好入药，有些滋补功效，不过不凶猛，温润的那种。祛湿化痰补气，平常日子，有耐心的话，吃吃也总是好的。

芡实磨成粉还可以做糕点。水乡古镇上总能见到卖芡实糕的铺子，薄薄的那种云片糕，带着米香，有些微甜。新鲜的时候吃口好些，软软糯糯的。最好就是守着铺子，看着店主做好切出来，称上一些。再去旁边的茶铺冲上一壶龙井，配着做茶食。

看着湿漉漉的石板，荡悠悠的摇船，喝茶和聊天都是有一搭没一搭的。一个下午过去，茶冲得淡了，芡实糕吃完，笃悠悠地再去寻吃晚饭的铺子。

临走前，再去称上些带回去，送朋友，自己也留上一些，多少是水乡的念想。

回到家，照样冲了茶，一片一片地剥开芡实糕。也甜，也粉，只是离了水乡，糕点也脱了水汽，风干了不少。吃上两片，也就罢了手。

既然不过是个念想，那不如就把它留在下次远行吧。

节物岂不好，秋怀何黯然

藕遇有点甜

在藕的所有吃法中，最欢喜的就要数蜜汁糯米藕。藕里塞入糯米，一起煮透，晾凉了切片，上面再淋上蜜汁，最好还要撒点桂花。用手指捏一片吃吃，清香粉糯，带着点夏天的味道，还带着点初秋的味道。一片不够，再来一片，吃完后手指上黏答答的，忍不住舔一下。在美食面前，总有那么一个时刻，能让人忘记矜持，天真得像个孩子。

提起藕，总要惦念上两句荷花的。"接天莲叶无穷碧，映日荷花别样红"，和娃一样大小的年纪，就会背这首杨万里的诗。虽然那时候还没去过西湖，但总觉得早已见过荷塘千百遍。诗里、画里甚至是歌里，荷花婀娜多姿，美得不得了。

再大点，读了周敦颐的《爱莲说》，"中通外直，不蔓不枝"，被告知人家是"可远观而不可亵玩焉"。于是也开始人云亦云地觉得这花是有个性的，清高不媚俗，比其他的什么牡丹呀、芍药呀、蔷薇呀，高出一个段位来。可心里总觉得哪里有点不对，但又说不出所以然来，为了显示自己的深沉，有品位，所以姑且这么评论着。有时候，信自己比信别人，真的更难。

慢慢地，慢慢地，我开始相信自己了。我要说，出淤泥而不染的根本不是荷花，而是藕。藕段埋在塘泥里，蛮深的地方，抽出叶子，开出花，一片一片的。荷花照样风中摇摆，照样有蜻蜓围绕，更照样招惹着游客拍照炫耀。红的花瓣，黄的花蕊，照样明媚娇艳。

四季不同，花草各异，应着季节，自是各有各的好。只是有的院子适合种芍药，有的院子适合养莲花，参差多变而已，没有什么绝对的高下。比如一本《红楼》里，有人欢喜黛玉，有人欢喜宝钗，也独有人欢喜那醉卧芍药圃里的湘云。金陵十二钗，是个群芳谱，少了谁，这戏都不好看。戏是这样，花更是这样。信了自己的眼光，也就更能看懂花的好，以及暂且撇了花，看看其他的好。

赏花吃藕，都很好。

从淤泥里挖出来的藕，洗净了，生生脆脆，照样可以入诗入画的。消暑风物图里，荷叶、莲藕、红菱，这种组合，也是风雅的。江南的水八仙里，莲藕有一席位，外加茭白、水芹、鸡头米、茨菰、荸荠、莼菜和菱角。样样都是水灵灵的，透着水乡特有的味道。不娇贵，但娇嫩，得依赖着水滋养。水要清，不能有点污秽，离了水，用不了多久就变了色泽。

所以要品水八仙，就得初秋的时候，来江南。逛逛园子，吃点时鲜。那时候荷花也已过了节气，但那莲叶还在，若是遇到雨天更好，留着秋荷听雨声，这景致，李义山和林妹妹都爱。

江南的藕，要甜着吃。配着江南的糯米，和江南的糖桂花，甜上加甜，但又是各种不一样的甜。莲藕的甜带着清香，带着水汽，时不时地还能混着点荷花的气息，若有若无的。糯米的甜，也是淡淡的，软糯的，这种甜要你慢慢品，糖分转换在每次不经意的咀嚼中。而淋在上面的蜜汁，则是甜得直接，甜入心里，甜到让你记忆犹新。蜜汁里浸渍的糖桂花，那份香气也是甜腻的，软绵绵的。

这样的蜜汁糯米藕，好做小菜，也好做甜食。暑气未退的日子里，胃口总也不是太好。煮好的藕切片，放在那，吃两片一时有点饱，喝点梅子酒消消食，还好再吃两片。一段吃下去，晚饭也自是好省了。

另一段放在那，晚上消夜。一手翻着闲书，一手捏着藕，边吃边看。一碟子下去，是直接去洗手，还是跷着黏答答的手指再去切一碟？这个时候，体重说了不算，心，说了才算。

糟蹄髈与贴秋膘

明明还在三伏天里，但月份牌上已经立秋了。按习俗，立秋日是要贴秋膘的。就是说这一天得大鱼大肉地吃起来，好好补补。天晓得，这种挥汗如雨的日子，怎么吃得下这些油腻腻的东西。看什么都没胃口，最好顿顿白粥过酱菜，别说秋膘，就连稍微重口味一点的小菜，都不想看见。看一眼腻一眼。

好在江南的菜系里，除了煎炒烹炸、焖熘熬炖，还有一种叫做"糟"。糟，可荤可素，荤的是鸡鸭鱼肉都可以，素的毛豆、素鸡、百叶结，样样都能弄。在江南人的眼中，那个酒糟坛子里可以容进一整个世界。

有了糟，再厚重的荤都可以变得轻盈起来。比如蹄髈，一整个的那种，连皮带肉，扎扎实实的一整个。煮好后，去骨切块，大块，扔进糟卤里，那种鲜香、酒香一点点地渗进肉里。慢慢地，肉还是那肉，皮还是那皮，但那种油腻呀、脂肪呀，统统隐而不发。一次搛出一大块来，切片，不要太厚，太厚了吃一块下去，肠胃会顶牢，很不灵光的。但也不要太薄，不用那种薄如蝉翼，那样没了嚼头，也不灵光。

是的，江南人作，不光女人，男人一样作，吃的喝的，每样都要作。生活的乐趣也就在这上面，作一作是需要的。

有了糟，再日常的饭菜也能变得隆重起来。吃一碟糟味，配一盏老酒，黄酒也好，啤酒也好，或是黄梅天里浸的梅子酒都好。冰凉凉的酒水配着冰凉凉的小菜，暑热的天里最是惬意。北方人欢喜大口喝酒大块吃肉，江南人家则是浅尝辄止，细嚼慢咽，都好。一方水土养一方人，各家过各家的日子，各家吃各家的饭菜，只要不颠倒不牵强，就是，蛮好。

有了糟，再难挨的夏日也有了期盼。从冷面、冷馄饨，再到糟味上市，一个夏天的指望也都在这了。从初夏的糟毛豆，到盛夏的糟带鱼，再到这立秋日的糟蹄髈，糟的滋味一丝丝一点点渗进寻常的日子里。

吃糟味的那天，房间里就会弥漫着一股特有的味道，微醺，似有似无，从厨房一直到客堂间，挡也挡不住的。再后来，家人的舌尖、指尖全都沾染上，一直到洗完澡，花露水香气飘来的时候，才能将它盖住。

有了糟，有了糟蹄髈，贴秋膘似乎不难实现了。切一碟子蹄髈肉，淋一点糟卤在上面，酒香包裹着美味，也将秋的凉意一起包裹进去。心静自然凉，吃好肉，喝好酒，贴好秋膘。对了，这种时候最好不要再看到秤，否则，那个心，估计是怎么也凉不下来了。

没办法，卡路里，总是热的。

把凉茶喝透

时序虽已至立秋，可依然持续高温，除了吃冷饮，吹空调，我们还可以有很多防暑降温的方法，让自己凉一凉。

泡茶吧。不是那种大阵仗的摆茶席，而是简简单单地泡壶茶而已。我喜欢那种讲究的喝法，寻常日子里总要有点仪式感。一壶茶，三两朋友，吃吃聊聊，蛮是惬意。但我真的对那种"开追悼会"一样的喝茶方式，接受不了。明明是件开心的事情，非要喝得千回百转，喝出人生哲理来，实在吃力。

我喝茶，每天早上起来，吃了早饭后先得把茶喝透。这种喝茶方法很老派，不是上海滩老克勒的"老"，而是大杂院看门老大爷那样的"老"。年轻的时候——当然我现在也不敢称自己"老"，反正就是早几年，早二十年吧——那时候我还在"吃皇粮"，到了办公室第一件事是，打水。拎着两个热水瓶去水房打开水，回来后把一办公室里人的茶杯都洗好，再擦桌子扫地。没办法，作为全办公室，甚至是全单位最小的一枚新人，这才是我每天的正经活。老底子学生意，要吃三年萝卜干饭，别说店铺的水要打，桌子要擦，连师傅家里的开水都得承包了。这就是学徒的本分。

做完这些，轮到给自己泡茶了。一大把茶叶投进去，开水冲下，茶叶在滚水里上下漂浮。几上几下，几下几上，办公室的沉浮就如同这茶叶一样，翻腾而后沉静，最后只看见一片清澈，茶汁，那是要慢慢泡出来。

一上午的时间，大家看报纸，有一句没一句地说事情，然后就是不断地喝茶、续水，再喝茶。就这样，我养成了把茶喝透的习惯，外加晓得办公室里的人情世故、一地鸡毛。

再后来，茶我继续喝，但那个办公室我再也回不去了。大好的清晨，有太多比一地鸡毛更美好的东西，我要去看看。

喝了一些年的茶，好的坏的、中的西的都喝过。都好，其实只要心境好，怎么喝都好。这点，喝茶和喝酒一样。讲究，也能不讲究。

大热天，喝热茶，出微汗舒服。喝凉茶，解暑，也舒服。决明子、龙井、玫瑰花、黑枸杞，再搭配一些其他的材料，就能做出不同组合来。可酸甜，可清爽，总有一款适合自己。

把茶喝透，夏天过去，等着立秋刚刚好。

想念豆腐花的清晨，总是美好的

睡眼惺忪地醒过来，不用看闹钟，就晓得还是那个老时间。主妇的生物钟向来很固定，这么多年的习惯想变都变不了。哪怕难得一个休息天，能睡个懒觉，可到了那个时间，还是会醒过来，再睡就难了。话说回来，主妇哪有什么休息天，越到周末越是要早些去菜场，晚了，别说黄花菜，绿豆芽都不新鲜了。

醒过来，突然怎么也想不起来，今天早饭弄点什么了。明明昨天睡下去的时候，盘算好的，起来后就有点模糊了，只记得中午要弄个红烧大排、葱油蛤蜊。蛤蜊买回来得水里养养才好，所以今天得格外早点出去，许是起得早了些，有点没缓过神来。

算了，也不是什么重要的事情，想不起来就罢了。早饭么，总归那么几样，要么就豆腐花配油条吧。天气不冷不热的时候，多出去一趟也没太大关系。若是三伏天，那真是吃不消，动动一身汗。一大清早，太阳就火辣辣的，再跑出去买早饭，还得守着热腾腾的点心摊，算了算了，想想就怕。

换了衣服，今朝没什么要紧的事情，穿身家常的就好。碎花的上衣，棉麻的裤子，前两年的款式，倒也不觉得过时，洗得软了贴身也舒服。带上一个玻璃盒子，装豆腐花用。虽然摊头上有打包盒的，不过那种塑料盒子，看着就不舒服，软不叮当的，一路拎回来，汤汁总是洒出来，弄得脏兮兮，不灵的。

原先么，都是端一个钢盅锅子出去，豆腐花装在锅里，锅盖翻过来，上面摆两根油条。端进弄堂里，一边和邻居张阿婆、李阿姨打招呼，一边小心快走，早点心要热的吃才好，冷掉没了滋味。再说上午事情这么多，哪有工夫在那嘎讪胡，应一声就好。礼貌是要有的，多年老邻居了，不好给人家看脸色的。

如今没人再拿锅出去买点心了，这种保鲜盒子还是好用的，盖上盖子密封好，不会洒也不会落灰，装点汤汤水水的，蛮合适。

卖早点心的那家店倒是不远，出了小区，转个弯就到。前面排队的都是小区里的熟客，大家在那有一句没一句地搭话，多半是夸店主手脚麻利，东西做得干净。一会轮到自家，"两份豆腐花，三根油条，一根炸得老些"。

店家应了句，抬头看看，老面孔，记得的。

"一份豆腐花不要葱，不要辣油，对吧。"

"对的，对的，真真记性好。"

做生意的，手脚快，脑子灵，会看山水，这样买卖才能做得好。老主顾，这些口味都关照到，大家听了心里蛮舒服的，下次还要来的。若是一遍一遍关照，到最后还是弄错，那真是糟心。一早就弄了一包气回去，一天都不顺当，晦气得很。

端了点心回去，时间还早，好定心吃个早饭。豆腐花三人分分，盛在小碗里，油条赶紧拿出来，这会子还是脆的，再倒一小碟子鲜酱油，另一个碟子放块玫瑰腐乳，蘸油条吃。可惜虾子酱油吃光了，下次去苏州时，一定要去采芝斋再买一瓶，用它配油条更鲜一点。

盛在碗里的豆腐花，嫩得很，撒着紫菜、虾皮、榨菜和葱花。欢喜辣的浇一点辣油，否则就是酱麻油和醋，蛮简单的调味。店铺里看着他们盛豆花，扁平的勺子，两勺就是一份，调料碗摆在一旁，每个里面配一个小勺子，一样一勺，快得像是玩杂技的一样，一点都不会搞错。

所以要是有点特殊要求的，一定要提前说，比如不吃生葱的，或是吃口清淡要少点酱油的，都要早点关照好，否则一勺子下去，可就来不及了。自己的口味，自己要多上点心，哪怕是点一份豆腐花，都不能大意。店家记着当然好，可把这点舒心，指着别人来成全，也是有点提心吊胆的，真是不至于。多关注下，什么都有了。

一碗豆腐花，一根油条，看起来简单的早点心，也折腾了蛮久。是呀，也晓得如今手机上好点点外卖的，可那走青呀，少辣呀，多些榨菜，这种哪能关照得清楚呢？还有，老清老早地，陌生人上门来，蓬头垢面的去开门总不好吧，梳洗也梳洗了，衣服也换了，走一趟出去，就不是什么大事情了。

有心想吃豆腐花的日子，总归是心情蛮好的。天正蓝，风正清，不冷不热的日子，数数，也真是不多。

放了咖喱粉、洋山芋的咖喱，才是上海咖喱

上海人欢喜吃咖喱，但这个咖喱不是印度的，不是泰国的，也不是马来的，一百一样都不是，而是独一无二的上海牌咖喱。它不太辛辣，也就有一点点呛，辣味道和胡椒粉的力度差不多。它也不复杂，烧的时候里面不用加香茅，也不用加柠檬，尤其是不能加一丁点大蒜。上海人和大蒜向来井水不犯河水，界限划得色色清。

上海人家做咖喱，逃不过两样经典菜式，一是咖喱鸡烧洋山芋，还有就是咖喱牛肉细粉汤，对，就是吃生煎的时候总要配一碗的。黄澄澄的汤里飘着一小筷子龙口细粉，几片牛肉，要切得很薄很薄的那种，再撒一把香菜。记牢是香菜，一定不是蒜苗，否则就成了兰州牛肉汤，完全两家人家的事情了。

咖喱牛肉汤么，冬天吃吃蛮好，一碗下去，身上热滚滚的。但要说最能代表上海咖喱特色的，一定得是咖喱鸡，而且一定得是放了洋山芋的咖喱鸡。

老清老早，上海姆妈去菜场挑一只精干的童子鸡，鸡不用大，也不用太肥，嫩些的好。称好算好价钱，让摊主收拾

的时候，自家去其他摊头转转，买点蔬菜。做小菜生意的摊主，记性都不是一般的好。张家姆妈买的老母鸡是炖汤的，李家伯伯买的童子鸡用来清蒸的，还特别交代过要一切二，回去弄起来便当些，只只不会弄错。等主顾一圈转回来，鸡也收拾干净了，袋子也装好了，一只马甲袋，外面再装一只马甲袋，这样拎在手里，不会弄脏手和衣衫。上海姆妈和爷叔，出来买菜也总是穿得山青水绿的。人就是这样，不管什么时候，总要清清爽爽的好。

有了鸡，有了洋山芋，对的，就是那个空档去买的。洋山芋要个头大些、饱满些，也要那种清清爽爽的好。要是坑坑洼洼的，切出来也不好看，卖相坏了，味道再好也要打折扣。看颜值这个事情，自古以来就这样，不光是对人，世间万物都不能免俗。既然逃不掉，那就前期功课做做好，挑的时候左右上下，翻动一下，挑两只灵光的洋山芋，这个难度系数总比挑女婿小了很多。上海丈母娘，挑女婿都是出名的厉害，挑个蔬菜那更是小菜一碟了。

对了，最后一步也是最关键的，就是得再去南货店转一下，买包咖喱粉。上海小菜场里总会有那么两家卖南北货的，什么调料呀、山货呀，样样有，顺手添点什么十分方便。

这咖喱粉，小小一袋，是小菜的精华所在。有了它，就能让普通的食材变得不同寻常。同样的洋山芋烧鸡，咖喱味和红烧的比起来，总是觉得高级一点点，洋派一点点，这一点点就是上海的味道。

同样是煸炒，同样放生姜、黄酒，同样大火炒小火焖，咖喱的味道确是特殊的。拿出咖喱粉袋子，抖上一抖，让浮在面上的粉末沉下去，慢慢剪开。开袋的那一瞬间，辛辣的刺激味道一股脑地冲出来，直冲脑门，烧菜的人，总是第一时间将滋味尝遍，所以当小菜端上来的时候，反倒少了胃口。

咖喱粉慢慢倒进锅里，边倒边翻炒，姜黄的颜色一点点晕开，将鸡块、洋山芋块都染成一片姜黄。这种姜黄，是不太见到的颜色，江南的餐桌上常见的是青绿的时蔬，绯红的河鲜，酱色的殷实大荤。这种姜黄是舶来的，不太一样的，辛辣中加点上海人欢喜的甜、鲜，就是海派的。

有咖喱小菜的日子，家中的孩子最是高兴。咖喱汁拌饭多少美味，再挑食的孩子，都能胃口大开，一碗不够，还得再添上一点，就为了多尝尝咖喱的味道，以及多吃一块洋山芋。至于鸡块么，反倒成了配角，但又不能少，否则纯素的洋山芋，味道就不好了，相辅相成，搭配好的。

如今的上海，买得到世界各地的咖喱调料，日本的咖喱块、英国的油咖喱、泰国的配着椰浆的咖喱酱。可是那种小小的袋装的咖喱粉，仍然被保留着，小菜场的南货店里始终找得到的。上了年纪的上海姆妈，还是会用它来烧小菜，今天烧的咖喱鸡，那就一定还是那个味道。那个记忆中的上海咖喱，只属于这个城。

鲜肉月饼寄相思

上海南京路上的老大房一年四季都排队，就为了那一笼刚出锅的鲜肉月饼。平日里排队是为了尝一口鲜，热腾腾的鲜肉月饼，外皮酥松，咬开肉汁丰腴，鲜肉丸热滚滚地烫舌头。中式点心大多是要趁热吃才鲜美，和西式糕饼不一样，一冷就大打折扣。所以一年四季守着美味出炉才是真爱。

如果说春夏冬三季的时候，你留出半个小时去排队就没问题了，那中秋时节，你最好给自己留出两个小时，鲜肉月饼摊前的盛况是需要足够耐心守候的。每到这个时候，老大房的门口从早上八点就开始排起长龙，先是一字排开，然后是排成之字形，绵延起伏，从南京路一直排到福建路中段。原先没有微信朋友圈的时候，排队的爷叔都是老江湖，一早出动，一手《新民晚报》，一手马扎，然后在那驻扎慢慢排。反正一个上午耗下去，总是能排到的。

月饼这种应季的吃食，平日里买上一个两个吃吃解馋，到了节令时候，那就成了紧俏商品。自家要吃，走亲戚要送。上海有很多老大房，什么西区老大房、东区老大房，还有什么七零八落的加盟小铺子，统统不正宗，非得南京路上这个真老大房的才好吃。除了老大房，王家沙、淮海路上的光明邨，甚至弄堂口的酒家都会到时候摆个摊头出来做鲜肉月饼，但有执念的吃客，还是要到这里排排队，轧轧闹猛，才算是真爱。

早先和外婆一起住在南京路的时候，每每看到中秋时候月饼摊前排长龙就觉着好笑，甚至还嗤之以鼻，并带有一丝傲娇地认为，这都是不领市面的人做的事情。像我们这种住在上只角的人家绝对不作兴这样，鲜肉月么那还不是想吃就吃，出门五分钟的事情，哪能需要这么折腾。

后来出嫁住到浦东，许久都好不习惯。那种抬脚就能去德大吃炸猪排、去东海喝咖啡的日子再也不存在了，别说买老大房的鲜肉月饼了，新亚的玫瑰豆沙、三阳的苔菜开阳月饼，一样都看不到，要买就得穿过黄浦江。一条江，两个世界，久久不能平复。

于是我也开始加入那个排队的长龙，好在这时候已经有了微博、微信朋友圈，就算没有《新民晚报》，也能打发消磨时间。

再后来，我开始自己琢磨在家烤鲜肉月饼。熬猪油，揉面团开酥，一点点来。我欢喜纯鲜肉心子，稍微甜些；先生欢喜加榨菜的解些油腻。我还曾创新用黄油替代一半猪油，这样烤出来没有那么腻，有点中点西做的味道。月饼坯子进烤箱烤制的时候，房间里满屋飘香，甜腻腻香喷喷，满心期待着等出炉。自制的鲜肉月饼，原料、手法都值得放心，过程也透明，不用担心一丁点卫生问题。和家人朋友分享好，拍照晒图收获满屏的点赞。可总觉着还缺点什么。

缺什么呢？缺一趟风尘仆仆的过江，缺一趟热汗淋淋的排队轧闹猛。节气、时令，少不了的那些吃食背后就是那份不怕折腾的心。所以哪怕平日里隔三岔五地吃，那天少了这一口都是遗憾，吃在这时候，早已不再是吃，而是一种仪式感。就如同赶考要带准考证一样，老大房的鲜肉月饼成了中秋标配，寄托着上海一个城的明月相思意。

于是，这个中秋，我打算烤上两炉月饼，还是一半鲜肉，一半榨菜鲜肉。然后带着囡囡去南京路排队，告诉她认好这个真老大房的标志，顺便再说说这条路的变迁，那些百货公司，那些老字号，那些老底子的点点滴滴。

老鸭煲才是中秋家宴的压轴戏

中秋节的餐桌上，怎么都不能少了老鸭煲。笋干、火腿、鸭子，从一早就开始小火慢炖，就为了晚上登台亮相，作为家宴的压轴菜。有必要在这里说一下，压轴就不是最后一道，是倒数第二道。这本是戏曲界的行话，是倒数第二个出场的曲目，一般大角出场都在这时候。如今晚会动不动就把最后一个节目称为压轴戏，真真是说不过去。那应该是大轴戏，又叫送客戏，或是嬉笑打闹，或是风轻云淡，让客人轻松地散去。中秋家宴的大轴自然要留给月饼，老鸭煲就是那最让人期待的"压轴戏"。

其实家宴和筹办一台晚会差不多。头盘一般都是清淡的冷菜，偶然穿插些精致的荤菜，比如熏鱼、酱鸭、咸鸡，但都是小小的量，浅尝辄止，为后面的大菜留有余地。晚会不也是这样么，精巧的节目放在前面，序幕刚拉开，哗啦一下就弄得见山见水的，总是不太好，不管是看戏还是吃席，渐入佳境才有意思。

经过冷盘，后面就该轮到热炒了。虾仁呀、牛柳呀、腰花呀，一碟一碟地上来，一直到清蒸鱼、蟹粉狮子头，技术含量逐渐上扬，不断地刷新食客对主人的赞美之词。然后，突然画风再转，清炒时蔬该上场了，冬日的塌菜，秋日的藕片，它们的到来都是为了铺垫，后面的压轴菜自然是更让人期待。心情和味蕾都需要缓和一下。对，就像看戏一样，唱念做打，一出一出地精彩纷呈后，看官的心境越来越激荡，胃口也自然被吊高了起来，这时候需要来点舒缓的曲子，场子冷却一下，心境也冷却一下。

　　酒过三巡，菜过五味，是时候请出压轴菜了。先清场，腾席面，一个大汤煲，热腾腾地登上台面，盖子掀开的时候，香气早已抢先飘散出来。鲜香醇厚，好滋味，不用尝，闻就能闻出来。鸭肉的鲜，混着笋干的鲜，再加上火腿的参与，还有就是时间，慢慢地让它们融合。鲜与鲜在一起不是比拼，而是互相帮衬。就如同捧哏与逗哏，缺了谁都不行，你来我往，这戏才好看。

　　老鸭煲的汤好喝，鸭肉也不逊色。鸭子出场的时候是完整一只，吃之前再分解。中国人的席面讲究完整，全鸡全鸭全鱼才够规格，七零八落的不上台面，味道再好都不行。所以在炖汤的时候，要特别掌握好火候，要入味，要酥烂，但形绝对不能散，这个形就是中餐的仪式感。

　　盛一碗汤，搛一块鸭肉、几根笋干，滚烫烫地喝下去。据说鸭肉性凉，不管是看起来凉，还是老中医说的凉，反正秋日的鸭肉肥硕而又细腻，炖汤最好。这种暑热还未消退的时节，鸭汤比鸡汤更合时宜。鸡汤是留给冬日的，那种暖，暖到心底，江南人的秋天是用鸭汤滋润起来的。

压轴菜已上，后面就好分月饼了。沏壶新茶，掰块饼，醒酒赏月。月宫里吴刚捧出桂花酒，只是不知道有没有那份诱人的老鸭煲，估计要看嫦娥的口味如何了。

风乍起，桂花香，那是满城的风情

秋分过后，满城的桂花开了，这是这个城最有风情的时节，大街小巷，衣衫鬓间，全都笼在这抹香气里，谁也出不去，谁又想出去。

桂花的香，是甜的，很妩媚的那种甜。这种香气一旦飘散开，能让人的骨头都轻上二两。它甜腻腻地包裹着你，让你推不开，躲不掉，最后只好被它俘获。甜的桂花，再碰上甜的蜂蜜、甜的砂糖，这种锦上添花、登峰造极的做派，也只有桂花敢如此。腌渍好的糖桂花，没去筋骨，和蜜汁融在一起，花让蜜更香，蜜让花更甜。老话说蜜里调油，我觉得应该是蜜里调花才对，调桂花，那种你侬我侬的甜，才是真甜。

桂花的香，是浓郁的，浓郁得竟有些霸道。院子里哪怕只有一株桂花开了，它也能让人察觉，等到开满枝头的时候，香气飘散得很远很远。你不用仔细地去分辨，空气里全是它的味道，每一口呼吸都是桂花味的。按说菊花也是香的，而且味道也不淡，但遇到了桂花，它也只好甘拜下风。

只要桂花开的日子里，其他的都等等再说。《红楼梦》里宝玉被打，王夫人爱惜，给了宝贝儿子一瓶木樨清露，让袭人调给他吃。关照说一碗水，只要挑一茶匙，就香得不得了了。这个香露装在玻璃小瓶子里，只有三寸大小，是金贵的贡品。木樨就是桂花，桂花凝成露，这香气可想而知，自然是浓缩到直达心脾。病中的宝玉，吃厌了玫瑰卤子，一碗桂花露下去，只叫香妙非凡。

桂花的香是暖的。这种暖香，很市井，很人间的。和袅袅炊烟很般配，和街头巷尾也很般配。夏天的栀子花，秋天的桂花，胜在香气的花儿，都是有股子这种味道。桂花开的时候，总在暖烘烘的日子里，配着暖烘烘的温度，配着金灿灿的颜色，香得恣意，香得彻底。收拢下的桂花，晒干了，腌渍了，撒在吃食里，也得是热的才好。温热的酒酿圆子里，撒上一些，热气腾起来，香气四溢。新出锅的米糕里混了桂花，米香混着花香，四邻五舍的都会被馋到。还有桂花糖、桂花栗子、桂花糯米藕，秋天的那份暖意，都温存在桂花的香气里。

桂花也可以酿酒，桂花酒。琼浆玉液里混着丹桂，混着香气，最主要的是混着甜丝丝的味道。凛冽的酒变得软绵绵的，没了力道。据说九重天上吴刚善酿桂花酒，时不时捧出和嫦娥对饮。寂寞的嫦娥边喝边舒广袖。桂花酒也醉人，一醉解千愁。

桂花还可入茶，桂花龙井，算是秋日风物。龙井好，桂花也好，龙井用桂花熏了冲茶，美则美矣，但只和时节，过了秋天再喝，就没了味道。其实，这个时日，泡杯绿茶坐在树下，风一起，吹下些许花蕊，落在茶盅里，自是最好的桂花茶，有色有味，更有风情。

风情二字，才是桂花的魂。旧日文人不爱，说是俗气，园子里不愿栽种。也是，风乍起，风情飘散，心胸一荡漾，书肯定是一个字都读不下去了。那就让他们爱菊爱梅吧，我们爱桂花，爱这风情万种的世俗日子。

风再起，人闲桂花落，即是寒露。

收拾残英捣作汤，落下的风情就在那酒、那茶，那一盏盏的桂花甜羹里。

桂花糖芋艿的爱与恨

隔壁家的阿婆又在念叨过去的事情。据她说不晓得为什么，家里讨进门的儿媳妇都不灵光，从娘家开始，运道就不好。她总说自家姆妈的儿媳妇，也就是她自己的大嫂嫂，是个对婆婆不厚道的女人。比如嘴巴不甜，对长辈不恭敬，手脚不勤快眼中没活，还有一条最要命的罪状就是背着人吃独食。明明知道婆婆喜欢吃甜食，烧了糖芋艿自家吃，不知道给长辈盛上一碗。这一幕偏偏被自家姆妈撞上，成了嫂嫂一辈子都洗不清的罪状。

糖芋艿算不得什么金贵的吃食，江南主妇常做的甜羹。夏末秋初，菜场里芋艿上市，不管是葱油，还是煮了蘸绵白糖吃，都很嗲。主妇们大多喜欢那种红梗芋艿，吃口更糯一些，做小菜或是做甜羹都合适。

苏州人家尤其爱用芋艿做糖水，恰巧隔壁阿婆就是苏州人。其实仔细算算，上海弄堂里差不多有一半是苏州人，夹杂一点宁波人家，正儿八经的上海人反倒成了少数派。他们被叫做本地人，在上只角的浦西，本地人不大受待见，多少带着点土气。

总有人说苏州人吴侬软语，水一样的性格。那你一定是没听过苏州人吵架，那嗓门，那腔调，那用词，啧啧，凶是凶得味，连男人都吃不消。爱吃甜糯，不代表性子就甜糯，平日里文雅，也不代表事事文雅。尤其在听说自家姆妈被儿媳妇欺负了，没吃到糖芋芳的时候，那做女儿的一定得去帮着讨回公道。小姑子遇见嫂嫂，那真是如白娘娘遇见了法海，恨不得唤来所有的西湖水，一下子把他镇住。

阿婆说这个嫂嫂想当年也是坐着八抬大轿娶进门的。她生的时候好，那时候还能有轿子坐。就因为人长得漂亮，在她大哥眼里就像月份牌上的明星一样。

"不过那头大波浪是有点像的。"这点阿婆也不得不承认。时髦的嫂嫂坐着轿车到弄堂口，再换花轿迎进门。

"那排场才叫大，才叫体面。如今的婚礼要新娘子自己走到礼堂，实在太寒酸。"

"那，阿婆侬结婚的辰光呢？"

"我也是坐轿车的呀，也是下聘礼的呀。只是，花轿没得坐了。只是少了顶花轿。"阿婆一边觉着惋惜，一边又硬撑着面子，说自己结婚时候坐的那辆轿车也很新很宽敞的。

可没多久，坐着花轿进门的阿嫂被小姑子发现居然是本地人，立马开始挑起眉毛挑剔起来。大波浪也不灵了，高跟鞋的颜色也觉着和旗袍不配，还有这烧夜点心的手艺更是觉着蹩脚。比方这桂花糖芋艿，芋艿一定要烧得软糯，但卖相不能坍；另外要放红糖味道才好，但红糖放多了又容易发苦，所以得冰糖和红糖配在一起，至于这比例那是要自己拿捏的，没有哪本书上会写。再说进了门后，也没见这新嫂嫂看过什么书，更别说自家哥哥的那些洋文书，她更是一页也看不懂。

糖芋艿除了糯和甜，还要有凝头。汤里要调进藕粉，不能太厚也不能太薄，芋艿要能被包裹住，调羹盛起来又不会淹没在里面。最后再撒上一把干桂花，香喷喷的。不过要好吃，汤里还要再放点腌渍的糖桂花进去，否则桂花香浮在上面，只是装装样子而已。

"就像人一样，光是长相好看没用的，底子不好，撑不了多久。"女人刻薄起来就是这样，每说点什么，总忘不了捎带上那个看不上的人。哪怕明明是在说甜羹，还是要转到人身上。

阿婆替自家姆妈可惜，连吃碗糖芋艿的福气都没有。虽然嫂嫂的手艺不如家里的用人，虽然自家姆妈也不稀罕这碗甜羹，但这是礼数，是规矩。

"我们这种人家，总是不一样的。"就是这不一样，让阿婆念叨了半辈子。

至于自己，她说她从来不让儿媳妇做桂花糖芋艿。

"现在的年轻人哪会做这种细巧的事情，烧个葱油芋艿，都弄得一天世界。真是一代不如一代。"

这红糖与冰糖的比例，这糖桂花与干桂花的顺序，还有这女人的运道，不知道阿婆要讲到什么时候。估计等芋艿下市，她就会换其他话题了，再念叨的时候，那该是又一个夏与秋。

客堂间的水潽蛋

江南人家最家常的点心，不是桂花糕，也不是各种糯米团子，而是水潽蛋。不管早晚，只要家里备着鸡蛋就可以。煤气上烧一小锅水，咕嘟咕嘟开了后，敲一个蛋进去，再敲一个蛋进去，用勺子稍微规整一下，看着蛋凝结牢。盛到碗里，放一大勺绵白糖就好。水潽蛋是甜蜜蜜的，而且要成双。一碗两只是标配。

下午客人上门，虚邀留吃晚饭，多半是会被推脱的。吃饭是个隆重的事情，总得提前时间预约好，这种临时的邀请，只是客套而已。饭不吃，点心是不好少的，否则太不体面。糖果、糕饼、水果这种家里现成的，拿出来装了碟子，一碟一碟地端上台面来，再泡杯绿茶，主客二人就好聊天叙家常了。其间主人总会一让再让，请客人尝尝。比如这蝴蝶酥是昨天刚从德大买来的，很新鲜的。那盘玫瑰瓜子是上星期苏州亲戚从采芝斋买了捎来的，还有那蜜橘、话梅，件件都是有来历的。家世的好坏，品味的考究，就在这两三句闲谈之间显露出来。不过一般除了孩子，大人是很少会去吃什么的，顶多吃一个蜜橘，意思意思就好，还多是主人剥开了递过来，谦让了两三回才肯吃上几瓣。

看着时间不早了，年轻一辈的会很识山水地去厨房张罗点什么。要有一份现做点心才是最诚意的待客之道。这种时候可以没有酒酿圆子，也可以没有小馄饨，但如果连一碗水潽蛋都不给客人吃，那是要被人说闲话的。这种看起来最便当，也最朴实无华的家常点心，就是主人的一份心意。

水潽蛋要做得好其实也不容易，这种看起来简单的东西，靠的就是仔细和耐心。水烧开，把蛋敲进去，锅子要大一点，水要深一些，这样鸡蛋才容易成形。然后用勺子慢慢拨，不要让蛋白散开。一个成形了，盛出来，再敲一个进去。千万不要图省事，两个鸡蛋，"哼、哼"全下去了。这样很容易锅里一团乱，蛋白你的缠住我的，我的绕牢你的，分也分不清楚。

水潽蛋的蛋黄不能全熟，要有一点溏心，这样一口咬下去，蛋黄流出来才好吃。蛋黄要嫩，蛋白要滑，糖水要甜，甜蜜蜜的一碗才嗲。煮水潽蛋用不了五分钟，从厨房端出来，主人一份，客人一份。陪客总要陪全套，不好只看着客人吃，那样客人是绝对不好意思吃下的。

白瓷碗里浮着两颗水潽蛋，还有些云一样的蛋清飘在其中，热腾腾地摆在客堂间里。主客边吃边聊，继续说些闲散家常。一会工夫就好吃好，谢过主人，也就到该告辞的时候了。

　　烧水潽蛋的时候也有放红糖的。但那是给坐月子的人吃的，烧好了直接端到"舍姆娘"的床前。那份摆在客堂间的水潽蛋一定是清清爽爽的，如同这家人的家世一般。

臭豆腐与丁香

江南古镇，枕水人家，桨声灯影，全是锦绣文章里写的模样，多少婉约，多少旖旎。守着巷子边，等着那个丁香般的姑娘，撑着油纸伞，娉娉袅袅地走出来。莞尔一笑，再笑。

丁香一样的姑娘，丁香一样的芳香，那种淡淡的，轻轻的，还带点湿漉漉的水汽。江南雨水多，若是黄梅天，整天滴滴答答地下个不停。入了秋，雨水也不见少，早晚时不时会落上一会，忽大忽小，油纸伞下的那双鞋，总也免不了时常会打湿。

我说的不是姑娘的，而是看客，同样一把油纸伞，同样一双轻便的鞋。古镇小路多是青石板、卵石路，那种硬邦邦的鞋子穿起来不适宜，呱嗒呱嗒的声响，吵得很，不像是来躲清闲的，倒像是来讨债的。

说远了，说回那巷子，噢不对，应该是说回那丁香。小时候一直以为丁香就是摆放在香料铺的那种，和八角、桂皮一起好用来烧肉卤菜。为此诧异了很久，这样的卖相，这样的味道，戴诗人居然用它来形容姑娘，真是哪哪也搭不上。

后来才晓得，这丁香花开起来还是好看的，紫色的，一簇一簇，挂在枝头，只是这花香，倒一点也不清秀，浓郁得很。若是不小心深深吸上一口，要呛上半天。想想也对，所以这丁香姑娘是在雨天遇到，而且远远的，这芳香自然也就散淡了不少。

距离产生美，气味也一样。可哪怕这样，在古镇里都算是奇遇了，古镇的巷子里已经不再见到丁香，不期而遇的是另一种气息，同样是浓郁的，同样是不会让人忘记的，那就是油炸臭豆腐。

不相信，回想一下，近的七宝、朱家角，远的乌镇、南浔，绍兴就不用说了，不是哪个镇，哪个巷，而是整个城都是这个味道。也就难怪迅哥笔下从来没写过丁香，没写过姑娘。

乌篷船摇摇荡荡，两岸不间断地飘来那股味道，一直到沈园，只有走进园子深处，才稍微有些喘息，踏出几步，马上又续上了。不晓得陆夫子的时候，这里是不是这样，否则写出来的，怕不再是"红酥手，黄縢酒"了，满园春色臭豆腐才对。

臭豆腐也是执着的，那四四方方一小块，长了毛发了霉后，立马从清秀的模样变得看破红尘，一同改了品性。刚烈、泼辣、豪爽，反正这些辛辣的感觉，一股脑全来了。尤其是在油锅里翻滚后，不但没减去分毫，反而是更加厉害了。

想想也是，都说世上再难也不过上刀山下火海，这油锅火海都下得了，还有什么好顾忌的，想怎么恣意，怎么恣意；想怎么豪迈，怎么豪迈。不收敛也不遮掩，摆一副真性情出来，一切爱怎样就怎样。

可世人也是有趣，好脾气的倒是觉着没什么，觉着人家天然一副省心的样子，不用折腾也不用多安抚，随时见了，也终是那个模样，不失望，也自然没有什么惊喜。太太平平，波澜不惊的，也蛮好。可有点脾气的，那就不一样了，你得哄着劝着，关照着，反正它总是有办法让你不会忘记。越惦记着，这情意也越浓些，不管是欢喜，还是不欢喜，都念在嘴上，记在心里，想忘也忘不掉。

这情意里有惦记着它的模样，它的声响，这些总要离近了才明白是好还是不好。唯独这气息，能飘散很远，勾魂一样把人给勾引过去。离得越近，越浓郁，越是想亲近。

这臭豆腐就这样，悠悠荡荡地在镇子上，散着味道，荡漾来荡漾去。不管你走到哪个巷子口，总能闻到，一转身就能遇到。一锅老油，金黄金黄地翻滚着，臭豆腐在里面被炸得松脆、滚烫。捞起来，在那继续散着味道，妖娆着，恣意着。

路过的若是欢喜，买上一盒，不欢喜的，掩着鼻子快走几步。有什么用呢，好不容易消散了会，一转身，又是一股劈头盖脸的味道冲过来。没有准备的时候，那感觉更是惨烈。

是呀，欢喜的丁香，想遇，怎么也遇不到。不欢喜的"千里香"，想忘，好难。

那碗橘子酪

一个上海的秋日，孙柔嘉在楼下的厨房间里烧橘子酪。这是她特意烧给方鸿渐吃的，要想拴住男人的心，得先拴住男人的胃。这点洋派的道理，她是懂的。何况头一天，两人还大吵了一架，总得想些法子缓和一下，和道歉比起来，烧道甜点心，显得更高明些。

可这道理，用人李妈是不懂的。拎起几块排骨，说要浸在酱油里给自家小姐留着，只撺一块给姑爷吃，偏心得不得了。提到姑爷，这老用人就开始鼻孔里出气，满脸的嫌弃。自然，李妈被教育了，小姐吩咐了，得把刚做好的橘子酪端上去给姑爷，而且得让她记住："男人如果吃不好，是要发脾气的。"所以这吃，和家庭团结、日子安稳是息息相关的。

橘子酪是女主人做的，但端，是用人端去，唤姑爷吃，也得用人去唤。这个台阶的高度，孙柔嘉拿捏得刚刚好。果然，不争气的方鸿渐在美食面前，服软了。

《围城》里的那碗橘子酪，是生活的调节剂。让方鸿渐心甘情愿地在围城里又待了段日子。城里的人想出去的心，暂缓了一下。

橘子酪，做起来其实蛮便当的。最是橙黄橘绿时，挑点个头大、汁水多的橘子就好。剥开橘皮，一牙一牙地把橘瓣分来，再一牙一牙地把橘衣去掉，橘肉慢慢地弄出来。一个橘子，两个橘子，一次次地重复下去，要做一份橘子酪，总得剥上十个八个的。总之，这是个练性子的生活，要有耐心。

耐心，孙柔嘉是不缺的。从去三闾大学的船上开始，孙柔嘉就如同猎人守候猎物一样，盯上了方先生。一路走来，最终得手了。

比起这嫁人大计，剥橘子自然是小意思了。孙柔嘉，一般情况下是不下厨房的，这会子自是屈尊，做得倒也有条不紊。

橘子剥好，需要熬一下。烧一锅开水，把橘肉、冰糖放下去，如同熬果酱一样熬一会，再调点不薄不厚的水淀粉下去，等橘肉起凝头了，也就差不多了。

熬好的橘子酪晾一会，热着吃太酸，晾凉了，冰冰的，吃起来更美味。方鸿渐看了一眼李妈端上来的橘子酪，只一眼就没忍住嘴馋。

好吃的东西，往往一眼就能看出来，好的女孩子也一样，看一眼就知道。比如唐小姐，第一眼看到，就钻进了方鸿渐的心里。至于这孙小姐，也是造化弄人，就这么说不清道不明的，被她一步步领进了围城里。

可是，单凭一碗橘子酪是没办法守住围城的。哪怕它再美味、再芬芳，这功效也没办法持续太久。城里总有其他的气息会冲淡它，橘子酪顶多是饭后甜点，替代不了一日三餐，更愈合不了孙家姑妈和 Bobby 小狗的杀伤力。方鸿渐总还是冲出去了，只是不知道最后成没成功，钱先生也没写，看官们各自想象吧。

过了秋分，秋色一日浓似一日，做份橘子酪，吃吃吧。

毛蟹年糕里的人情世故

十个吃客有九个会说，毛蟹炒年糕里的年糕最好吃。年糕浸满了蟹味，包裹着酱汁，软软糯糯的，比蟹都要嗲，会吃的都要去挑年糕吃，然后冷落下毛蟹。可我就不这么认为，我就是那十分之一，就是觉着蟹好吃。

毛蟹，对于上海人来说，就是个头小的大闸蟹。是不是阳澄湖的不要紧，饱满最重要。一对大闸蟹的价格好买五六只，烧烧就是一盘很轧台型的小菜。毛蟹斩开，一分为二，数量又多了一倍，再放上年糕，好唻，盘子里要装也装不下了。

配菜这种事情，也有个等级之分。最上等的是可以和主菜互补，让滋味更胜一筹，比如笋干老鸭汤里的笋干和火腿，少了那一把笋干和几片金华火腿，汤的味道则不鲜了，弄不好还会有点鸭腥气。再比如葱㸆鲫鱼里的那把小香葱，少一点是红烧鲫鱼，也好吃，但有了葱香，味道更丰富。

次一等的属于搭颜色的，好比那些胡萝卜片、芹菜条，餐厅席面上时常见到，炒墨鱼好放，炒香干也好放。它们干预不了主菜，充其量只能算是撑台面，提高一下卖相和数量，否则盘子里空空荡荡，让主角唱独角戏也不好看。

至于毛蟹和年糕的关系就有点复杂了。年糕本身没有味道，而且严格说起来不好算做小菜，放把荠菜进去那就是当点心的，要等到最后才能出场。酒过三巡，菜过五味，上点咸甜点心，这种时候才轮到年糕，一盘荠菜冬笋炒年糕放在春节也能挣得几声喝彩。

但和毛蟹搭在一起就完全不一样了，明当明地先声夺人登堂入室，还能博得众人夸奖。原本是主角的毛蟹倒是成了配角，主次就这么莫名地被颠倒了。

被一破为二的毛蟹需要先蘸一点生粉将蟹黄封住，然后小心翼翼地放在油锅里煎。放了一块再放一块，等到蟹壳有点发红了，再加佐料加水焖煮上一会儿，至于年糕是要最后放的，翻炒下就好。盛出来的时候，年糕打底，毛蟹堆在上面，浓油赤酱的一盘，很是诱人。

摆到台面上，总是让客人先尝尝看。作为一个有教养的吃客，先吃蟹还是先吃年糕是个问题。吃毛蟹得费些工夫，弄不好还沾染手指，等上半天再去夸奖主人的厨艺好，实在有些失礼。那年糕就不一样，从不显眼的地方搛一块，小小一口就能浅尝辄止，然后腾出空来，可以好好评价一下菜的色味。看看，连普通的年糕都这么入味。言下之意是，那蟹就更不用说了。食材本身就鲜美，加上手艺了得，自然是美上加美，不能更美了。

　　想想看第一个食客尝了年糕，谁好意思先动螃蟹呢，一圈转下来，就这样年糕收获了无数的赞美声。至于毛蟹，一般要等主人家再让一轮的时候，才开始夹入盘中。吃蟹的时候说话不易，再加上夸耀之词已经用过一次，总得缓一缓想好新词，等上新菜的时候再用。如此这般，蟹的点赞数就陨落了。

　　中国人的餐桌以吃为主，但吃又从来不是主要问题。人情世故、世态万千才是真正主角。就像这盘毛蟹炒年糕一样，谁主谁次，都在不言中。

一品江湖，蟹的江湖，也总得找对彼此

世人总说，人在江湖，身不由己。一声叹息后，重复着先前的所作所为，惆怅与感慨，只当作一个标点符号。如同诵读中的一个停顿，弹奏中的一个休止符而已，然后，一切继续着。

江湖，还是那个江湖，惆怅还是那声惆怅。

江湖里有各种，好与不好，很难说得清楚，江湖外的人看不懂也看不清，和围城有些相似。但江湖里的人各自清楚，他们总有共同的地方，不是长相，不是财富，而是品性，或多或少能找出些大概来。于是，他们只需确认下眼神，即可知道，江湖中，彼此谁在。

品性，又是很难用度量衡去测量的。李白斗酒诗百篇，世人总说他豪迈洒脱，那"千金散尽还复来"佳句，自是受到美酒的滋润。可《水浒》里的鲁智深醉打山门，却犯了清规戒律，被逐出佛门，只好"赤条条来去无牵挂"。对酒，他们有同样的爱，可鲁提辖和李太白总不在一个江湖，直到遇见了酒后风雪山神庙的林冲，两人才相见恨晚，兜兜转转，终于在梁山泊上一起痛饮三大碗。

那个江湖找对了彼此，才能你有我有全都有。

岁月静好，翻完故纸堆，洗手做汤羹吧。既然浸染了满心的江湖，那就继续江湖一下，煮上一锅，快意一会。

秋天的江南，若是真有江湖，那一定是蟹的天下。大闸蟹一日肥壮一日，白的膏黄的油，馋煞人。蟹的分量，只是蟹的身价，大上一点，贵出很多。肥壮的蟹毫无疑问，清蒸最佳，配上黄酒，那是作诗也好，赏菊也好，雅也雅得，俗也俗得。小些个头的，倒是可以变化万千，可蒸可炒也可醉，吃个新鲜。

放下了身价，就会可爱很多。蟹和人其实都一个道理，架在那里，束缚得很，有太多身不由己，每个江湖都有自己的规矩，一旦破坏了，自会显得格格不入。换了一番天地，大可以洒脱一些，倒也别有滋味。

蟹也可煮，可炖，可煲一锅好汤，只是还需一些其他食材。一条河鲫鱼，一点河虾，两只蟹，对切开，再配上火腿、咸肉、笋干，这样一锅小火慢煨，自是鲜得不得了。

鲜，这些食材，各自都是鲜的，组合在一起，没有冲突，鲜上加鲜，更是难得。河鱼、河虾、河蟹，这样的江中鲜物，从源头就是和谐的，同一片水域养成同一种品性。配上火腿、咸肉、笋干，江南人家常备的另一类鲜味，能把各种主料的滋味提升。当它们和江鲜在一锅中，很自然地发挥自己的能力，搭配、点缀，但从来不会去抢夺主角的位置。有主有次，这样的江湖，稳定而又安逸。

一炷香的工夫，汤煲得了。江鲜、时鲜，都在汤中。汤浓郁但不油腻，至于那些食材，不管是蟹还是虾，都逊色了很多。

有人喜欢在汤中放入一些面疙瘩，有汤有主食，倒也小乐惠。酒过三巡后，吃点果腹的主食，算是给宴席收个尾。

可总觉着这样有些说不出的不搭。不是所有的菜式都需要具备家常功能的，有些为了下饭，有些为了下酒，有些就为了尝个滋味，各有各的江湖，各有各的味道，一品为先。

深秋菜泡饭

上海人欢喜菜饭，欢喜泡饭，也欢喜菜泡饭。

菜泡饭的排列组合方式有蛮多种的，比如隔夜烧了菜饭，那么放水煮煮就是菜泡饭；再比如，隔夜的饭，再加上隔夜吃剩的青菜，放在一起滚滚，也是菜泡饭。不过，这些菜泡饭，都不是我心中欢喜的。在我看来，菜泡饭的菜要碧绿生青，饭要白皙温婉，还有汤，一定得清清爽爽，这样的菜泡饭，卖相好，味道才会好。

不好和我说，好东西都不看卖相，这种瞎话我是不要听的。好看的人，灵魂大都不会难看到哪里去；好看的吃食，口味自然也是可以的。至于什么是好看，倒是有些讲究的。这种好看，不是美颜手机拍出来的那种假模假样，它没有网红脸，有的只是舒服。

要晓得，这舒服一事最难弄。说不出的样子，说不出的味道，那看一眼，就晓得，这人这事这滋味，是不是舒服。我欢喜的菜泡饭，就是这种舒服的模样。

饭还是隔夜的饭，只是煮之前，先笃汤。南风肉、虾干、笋干切成小丁，再放两片生姜，慢慢笃起来。然后再腾出手来弄青菜。上海秋天的矮脚青菜最是好吃，尤其是打了霜后的，糯糯的，甜丝丝的。一片片叶子掰出来，菜心留在一旁，只要叶子就好。切切碎，细细的丝，起个油锅煸炒一下。生青菜烫下去不好吃的，有股子生腥气，而且汁水混在汤里，弄得脏兮兮的，不灵光。

这会子工夫，汤底应该笃得差不多了，把姜片捞出来，把饭放进去。慢慢地淘淘散，米饭要一颗颗松散开，恣意地在汤里翻滚。看着饭粒稍微膨胀开来，就好放青菜下去了，边放边搅拌，让菜丝均匀地混进汤里。最后再撒上一把榨菜末，就好调味关火了。还有，就是我总要放一朵猪油，香气一下子就腾上来，在空气里氤氲开来。

盛菜泡饭，要用一个大点的汤碗。宽汤里饭粒舒展，青菜也舒展，隐约看得见笋干啦、虾干啦、榨菜啦，零零散散地点缀在那儿。青的菜，白的饭，清的汤，嫣红的料，这样的菜泡饭，是舒服的。

深秋的上海，寒露过了，霜降过了，晚上时候寒津津的，天是一天比一天冷了。暖暖的菜泡饭，有滋有味，煮上一锅，正好适合这种时候。胃总比心，更早地感觉到季节的变化。

对了，还有那些菜心，留在那儿。明天正好炒上一碟，配几只泡发好的香菇。香菇菜心，蛮嗲的滋味。家常日子，也就这样，精打细算一些，舒服一些，就好。

晚来天欲雪，能饮一杯无

许一包糖炒栗子的愿

初冬的街头，陆小曼问徐志摩，若是许个愿，会是什么？徐志摩说想遇见初雪，只是好难。而陆小曼的愿望很简单，希望能遇见一个卖糖炒栗子的。果然，转角有一家，诗人称上一包，给小曼捂手。再转身，天上飘起了雪花，翩翩的在半空里潇洒，有朱砂梅的清香。

这一段许是杜撰的，但那首《雪花的快乐》真是出自徐志摩的笔下，也真是写给陆小曼的，那个看起来，一包糖炒栗子就会开心的陆小曼。这种简单的快乐，是张幼仪和林徽因从来没有的。

陆小曼欢喜的糖炒栗子，很多女人都喜欢。冬日晚上，做完一天的生活，才能有空闲下来。剥两颗糖炒栗子，和家人说说闲话，再看上两眼孩子的功课，有没有漏掉，老师的评语是好还是坏。好的呢，那就奖励囡囡两颗香甜的栗子，如果不好呢，也是栗子，那是敲脑袋的"麻栗子"了。

好吃的糖炒栗子要热。一进秋冬，弄堂口的铺子就摆出糖炒栗子的摊位来。栗子上总是要盖一床厚厚的棉被，这样炒好的栗子才不会凉掉。冷栗子干巴巴的，实在不好吃。卖栗子的爷叔动作很快，麻利地帮客人称好分量，就立马把棉被盖上，一点冷风都不让钻进去。栗子装在牛皮纸袋子里，放进去后，抖上一抖，封口处折上三折，一包栗子就称好了。送到手上，一路捧回家还是热乎乎的。不热，陆小曼的手怎么能暖过来呢，手不暖，那心也是动不得的。

糖炒栗子要糯。这糯，不是嫩，也不是软。炒得好的栗子，肉和壳很容易分开，一剥即可。掰开栗子肉，湿答答的带着温度，中间心子里看起来还有些粉嫩。这样的栗子是糯的，吃在嘴里没有硬块，堪称上品。江南人欢喜这种糯，它比软嫩又有些味道，自是把其中的劲道藏起来，化在无形里。徐志摩生在海宁，虽去北京教了几年书，终还是回到江南。陆小曼的糯，一下子打中了他，再作，他也愿意受。

糖炒栗子也总是要甜的才好。秋冬的傍晚，找一家糖炒栗子的铺面比找一家甜品店要方便得多。寻着空气里那股甜丝丝的味道去就好，越浓郁就说明越近了。油光滴亮的壳，裹着糖汁，散发着香气，这种甜香糯糯的，一股股地钻进人心里。催着你想早点回家，栗子香，接着饭菜香，这样的暖香，才是冬日里最好的安慰。

剥开的栗子自是甜的，送一颗给自己，送一颗给一旁的孩子，再剥几颗，大家一道吃吃。吃糖炒栗子的时候，看闲书可以，毛线是织不得了，所以做了姆妈的这时候最清闲，干脆让自己空一会，吃吃零食。

吃糖炒栗子，比吃瓜子好。节奏慢一点，响声少一点，没有那么聒噪，所以配着的话题也好松快些，闲散些。比如是不是该添一件羊绒大衣了，是要驼色的，比黑色的洋气些，式样呢？系腰带的好看，双排纽的经典，这个总要去店家试试才好。

一席闲话聊好，桌上的空栗子壳堆在那，总还是女主人理干净。一边催着孩子好早点去睡了，一边把桌子再擦一遍。明早起来，屋子里得是整整齐齐的。

剩下的那几颗栗子还是放在纸袋里包起来，明朝有空回回热再吃。冬日的夜长了，有些念想总是好。

不知什么时候，弄堂口又多了一家卖糖炒栗子的。傍晚时分，铺子里支起大铁锅在那翻炒，香倒也是香，离近一看，颗颗栗子都划开道口子，混在铁沙子里。翻炒的大叔很热情地吆喝着："大姐，尝尝不！"

算了算了，这世上有些事情的好，不是都得立马看得见的。比如人心，比如心愿，还比如糖炒栗子。哪怕知道一包里面总免不了有几颗坏的，可也得自己掰开，扔掉。总比颗颗袒露心扉的好，真诚换真诚，得你情我愿，一厢用力过猛，总也长久不了。栗子干了事小，若是心干枯了，再多的眼泪怕也是润不回来的。

思念的味道，就如同那枚烫手的烘山芋

如果你问我思念是什么味道的，那我一定会告诉你，思念就是烘山芋的味道。甜丝丝，香喷喷，而且是热腾腾的。

早些年，天一冷，上海的街头就开始有烘山芋卖了。早上和中午，烘山芋的爷叔是不会出摊的，非要等到太阳落山，才肯把那个大油桶推出来，放在热闹的路口，放学的孩子，下班的大人，走过路过都会经过的地方。天越冷，他的生意越好，摊边总是围着好几层，最里边的是孩子，一个个小脑袋竖着，也就比油桶高不了多少，眼巴巴地等着山芋出锅。大人们守在后面，一个劲地叮嘱着："离开远点，当心烫着。"

烘山芋自然是刚出炉的才好吃，要热要烫，要捧在手心里，捧都捧不住。所以桶边放着的那几个事先烘好的，哪怕爷叔再推销说怎么好怎么好，也不会有人要的。大家宁可等再久，也要等炉子里的那些。炉子边暖暖的，孩子的脸也被烤得红彤彤，大人们东一句西一句，有一搭没一搭地聊着，比如，今天又降温了，青菜的价格也又贵了两毛钱，但倒是更糯更好吃了。这个孩子的绒线衫样子好看的，这个花是怎么织的呀？听到赞美的妈妈，先客气一下，然后倒也很大方地介绍起经验来，喷喷喷，一旁的看客自然又是一番夸奖。如此这般一来，山芋也是快好了。

爷叔戴着厚厚的棉手套，拿着铁钳伸进去夹一个出来看看，呀，不行，还得再来三分钟。那个铁钳，好长好长，爷叔也是好高好高。总要昂着头才能看清他的脸，不凶，总是笑眯眯的，然后会一个劲地念叨，几年级啦，功课好不好呀，老师灵不灵呀。乖巧的孩子一一仔细回答，但下次去，他还是会再问一遍。没关系，孩子们照样答，他照样问，一遍一遍中，家长里短如同炉火，总是温存着。

等啊等，等啊等，终于等到烘山芋出炉了。一个又一个，爷叔从炉里拣出来。每拣一个用手捏下，每一个都得是软软的，热热的，排在路边的妈妈们立刻从后排挤到前排，再捏捏，再掂掂，要挑一个最好的。

买好后，领着自己的孩子转身离开，对了，记得要和爷叔、阿姨们、小朋友们一一再见。小手挥了又挥，可眼睛是死死地盯着妈妈手中的烘山芋，一刻也不离开。

新出炉的烘山芋捧在手心，掰开的那一刻，香气和热气，一起冒出来。吃下一口，烫的，烫嘴巴烫舌头烫肚肠，这久久的等待，其实就为了这一份烫。烫中带着甜，甜得如蜜，甜得手心里都黏答答的，甜得连山芋皮上粘连着的那块都不舍得丢掉，仔仔细细地吃干净。

就这样，背着书包，捧着烘山芋，迈着细碎的步子回去了。一路踩着梧桐落叶，金黄的叶子有点发脆了，踩在上面沙沙地响，很是开心。

就这样，守着烘山芋的冬天过了一个又一个。不知道从哪个冬天起，街口的摊头不见了，许久看不见。经过那，总还会觉得那里应该是有那么一个爷叔，站在大油桶旁边，仔细地翻着山芋，油桶边也总是有两个早已出炉的放在那，温吞着。

仔细闻闻，傍晚时候，空气里似乎还飘着那股香气，甜丝丝的，香喷喷的，热烘烘的。久久地，如同炉边的那个山芋，慢慢温吞着。但心中念想着的永远不是这个，而是炉火中烤着的那个，最热最香甜。

为白切羊肉配壶酒

立冬了，江南人家开始想念羊肉的味道。那种膻又不是太膻，肥腻又不是太肥腻的羊肉，只有江南人欢喜。羊肉特有的香气，飘散在湿冷的空气里，慢慢地凝结起来，一点点一滴滴地落在心头。江南的冬天实在太冷，冷到总让人会想喝点酒，一点热腾腾的黄酒，为了这寒冷的天，更为了这股子散不去的香气。

喜欢去广东路上买点羊肉回来，那里清真铺子一个接着一个，家家都说货源好。宁夏的、新疆的、甘肃的，西北风将这里的人和物都包裹上一股子统一的味道。挑一家看起来舒服的铺子，肉要看得舒服，不红不暗，露着该有的颜色。台面要看得舒服，不脏不乱，案板、砍刀摆放得妥妥当当，尤其是那块抹布，清清爽爽地叠在那儿。最最重要的是人要看得舒服，不张扬不谄媚，不寡言也不多语。这样的铺子，基本上错不了。

这里的铺子不买那种三两斤的小件，一刀下去，就是一整块，或是一条腿，或是一整块腹部。选定了，买一块回家，一大块，清炖起来，好吃上几天。每天搛一块酥烂的肉出来，切一切，蘸蘸鲜酱油就很美味。这时候，酒要热好，啤酒和葡萄酒在这个季节都不太搭调，唯有黄酒，不浓不淡，刚刚好。羊肉配黄酒，那也就是人间绝配，如同金风玉露，胜却人间无数。

喜欢去七宝老街上找一家羊肉铺子，可以堂吃的那种。店里一个掌柜站在明档那儿斩羊肉，一个老板娘守着柜台点单收银子，一口刮辣松脆的本地话，仔细听听尾音里还带着点嗲嗲的味道，年轻的时候也是个妙人儿。顶多还有一个伙计，男的或是女的都不重要，只要手脚麻利就好。店里只卖羊肉，白切羊肉、红烧羊肉，白切羊肉面和红烧羊肉面，羊杂、羊蹄子也捎带着卖卖，量不多，也都是老客才想着问。

这里的白切羊肉大多四四方方地摆在明档上，透过玻璃橱窗，客人可堂吃或是带回家。羊肉有皮有肉有筋，肌理好看得不得了，再巧妙的设计师也没法勾画出来，安排妥当，自然天成，说的就是这个意思。

点一份羊肉堂吃，柜上会发单子下去。一会儿工夫，一盘子肉端上来，码得好好的，有些章法。肉要不厚不薄，每一块最好都能见到筋或是皮，吃在嘴里滋味才好。一份白切羊肉，左边放一碟酱料，右边放一个酒盅，自斟自饮十分惬意。铺子里大多会有大坛子的黄酒存着，可以零拷，元红、加饭、香雪，坛子打开，酒香四溢。

吃到一半，和老板娘说一声，面好上了。宽汤、细面、少青，点的时候特意关照一下，面少些就好。把白切肉烫进汤里，遇到热，肉上的油脂慢慢融化，肉更加酥烂，配着面，吃下去胃里热滚滚的，舒坦。

　　舒坦的日子，舒坦的人大多喜欢。有朋友戏言，以后老了，大家彼此住得近些。每天早上走两步等着铺子开门，吃羊肉，喝老酒，嘎讪胡，一直到中午，一人一碗面，吃好回去睏中觉。人生的幸福就在这白切羊肉配酒里，如果这样，酒估计要换一换，一人二两白酒才合适。三钱一个的酒杯，一喝一上午。

天冷惦念酱蹄髈

有些惦念时常是没由头的，比如不知哪句闲话开了头，就会惦记起某个人，然后一发不可收，什么好的坏的，一股脑都翻腾出来。若是自己琢磨还好，倘若是三五人在那闲谈，那就更不得了，你一言她一语的，好凑成半部书了。

再或者这闲人闲话里，提到哪件吃食，那就更要了命。卖相、味道、气息，不分先后地全涌上来，外加装吃食的盘子、碟子、碗，是净白的瓷器，还是有点年头的砂锅，以及对面坐的那位，吃相是雅还是粗俗，一幕幕，过电影一样。应该说电影都还差点意思，没法复刻那份味道，闻不见，也尝不到。这种滋味，只能自家琢磨了。

惦念有了开始，就不容易断掉。闲话呢，总得再找个人"摆渡"一下，重复了一遍心里才好过，否则就像嘴里含着个橄榄，一直没吐核，得难过死。至于吃食，那怎么样也得再尝上一会，才能把这章翻过去。而且得恰是时候，恰是场合，味道也刚刚好。

譬如，西北风起的时候，惦念起那种浓油赤酱的蹄髈，就是刚刚好。天冷，肉肥美，再配上一壶温暾暾的黄酒，才算是让这份惦念有了着落。

蹄髈，肉多、皮多、油多，一整个看起来扎实敦厚。古镇里时常会看到有熟食铺子卖酱蹄髈的，一个个酱色浓郁，摆放在那，若是热的时候，碰一下肉会抖三抖。酱蹄髈的铺子最容易找到，那香气极其霸道，能飘出去老远。欢喜的客人，寻着味道就能到。看到新鲜出炉的，那自是要买上一个，店家会问要不要切好。想斯文些吃的，那就让店家预先处理好。酥烂的酱蹄髈，很容易骨肉分离，抽出当中的棒骨，然后把肉一块块切好，整齐地码在盒子里，带回去，一层一层地吃，一直到最后都不会乱，吃相雅得很。

也有欢喜就这么一整个不要动刀的，最好是用干荷叶包一下带走。吃的时候自己分解，或是切下一块带着皮的，或是夹一块纯精肉的，就连那根大骨头，啃起来也十分入味。这种吃相自是不好看，但自家人关起门来，倒也无妨。

不过文雅也好，武相也好，古镇里的蹄髈总有种古镇里的味道，就像臭豆腐、梅花糕一样，坐在那里吃吃也就罢了，若是带回来，和馆子里的打包菜一样，隔夜面孔，见了就让人失掉一半胃口。

好在酱蹄髈不难弄，若是真惦念，自家也能做。买上一个新鲜的蹄髈，加上茴香、桂皮、丁香、香叶，各种香料，小火慢炖几个钟头，自是味道好的。想再讲究一点，生的时候就把中间的骨头剔出去，然后用棉绳把蹄髈捆起来再卤，有点像春节时候做的捆蹄。这样五花大绑后，再在卤汁里慢慢笃，更有味道。卤好的蹄髈在外面晾上几个钟头，晾凉后解开绳子，松了绑再切。刀工要考究一些，一片片厚薄均匀，有肥有瘦再带着皮，这样的蹄髈才好看好吃。

找一个细白的碟子整齐码好，最好转着圈，码出花来，一碟子端到台面上，看着也是欢喜。至于那酱汁，热一盘放在边上，吃的时候自家蘸蘸。微红的肉，绛色的汁，可浓可淡，可热吃可冷切，这种尺度，总要是自己掌握才好。

也是奇怪，自家烧的酱蹄髈也是隔夜的，但完全没有那股乌苏气味，也没有那副隔夜的面孔，反倒是多了点亲香。许是吃食也随了主人脾气，对着旁人家的东西，总是有点不欢喜的。所以那份惦念，总也轮不上它们。

软糯粉蒸肉

无线电里说，明天又有冷空气来，温度要下去几度。赶紧一边关照小囡，明早要多穿点，一边拉开抽屉翻件羊绒衫出来。这么大的孩子关照是没什么用的，东西不递到手边，她不太会记得。嘴里应得干脆，忘记得也干脆，明早依旧伶伶俐俐地出门，那么风里一冻，冷风一吹，是要生毛病的，更要吃苦头。

翻一件驼色的羊绒衫出来，有些厚，天刚冷下来，衣服还是慢慢加。换成薄的开衫，米色的，摸在手里软软糯糯。叠好放在小囡的床边，眼睛睁开总不会忘，明早出门时候再关照一下，做大人的，就是这样操不完的心。

收拾好衣衫，又该想着明天的小菜了。不知怎么的，那软软糯糯的念头总在心里打转，仿佛手里一直团着那件羊绒衫，时不时想去揉一下。米色的，软糯的，服帖的，有它在，便觉着安心些。

软软糯糯，对，明天的小菜就做点软糯的。要那种热腾腾，看着就暖心的，筷子戳下去一碰就要散掉，吃在嘴里抿抿就会化的。那还有什么，就是粉蒸肉了。这种费功夫、费时间、费煤气的小菜，天热做不得，39℃的高温天，别说肉了，人待在厨房里时间长了也要昏过去，哪还有心思做这些。

天太冷呢，其实也不合适，从厨房里端出来，半路上就要冷掉一些，每人一筷子，吃到一半时候，肉就变得温吞了。这种小菜就要吃个热度，温吞了肉凝在一起，看着就失掉胃口，不再想落筷子。就跟谈了几年，总不想着结婚的朋友一样，谈到最后没了味道，但每周还总是会要去见见，约着一起看个电影轧个马路，要说情意也就是心里还有些牵挂罢了，再多也没了。

饭桌上也是，时不时会有些小菜是隔夜的，比如红烧蹄髈、笋干烧肉，第二天端出来热一下摆在那，像是撑个门面，顶多也就是当姆妈的勉强吃上一筷子，照样剩下好多。一来二去，还是倒掉。嘴里一边念叨着可惜，一边手脚麻利地把碗碟收拾干净，其实心里也是暗暗松了口气，明天终于可以吃些新鲜的菜了。

粉蒸肉也是弄不好最后要剩下，热来热去没了味道。没办法，它和笋干烧肉一样，一弄就是一大份，总不能和食堂似的，数着人头扣着分量，一人两片还是三片？寻常人家，富贵不贪图，也就念着一日三餐吃得舒心些，再弄成这样，总不舒服。断舍离这种，听听就好，天天这么过日子，日子搞不好，也要断舍离你了。

想定当，明朝就做粉蒸肉。肉腌上味道，再裹上米粉，便当些就用超市里买的现成的调料包，不再自己炒了碾。否则一弄半天过去，其他事情没法做了，其实味道差不多的，不用总苛求自己样样费心吃力的。粉蒸肉好吃，一定要蒸透，大火蒸了小火焖，前后一个小时要的，反正明天灶台上一个灶头就留给它了，另一个么简单炒几个小菜就好。

对了，再配几片南瓜放在粉蒸肉下面一起蒸，也蛮好，照样是软糯的，配着肉汁味道也好。还有，明天记得要把那个蒸笼拿出来用，上次去成都，人家餐厅里就是用蒸笼蒸肉的，还铺了张荷叶，卖相好看，味道也更清香。这个时候新鲜荷叶没有了，这会再跑去蔡同德买干荷叶也不值当。对了，家里还有包干粽叶，今年端午包粽子剩下的。咳，想起今年端午就糟心，买个粽叶比登天还难，更别说是新鲜粽叶了，就这干的叶子也是千辛万苦才寻来的。这种日子，是再不想提起，真心苦透苦透。

想定当，心也踏实了，抬头看看钟，时间还早，要么先把蒸笼呀、干粽叶呀翻出来洗洗吹吹。毕竟又一个夏天过去了，日子也真是过得快。

冷空气前的夜，好像比白天更闷热了些，动动就一身汗。想想那件软糯的羊绒衫，明天应该是穿得上的吧。

亲香鱼头豆腐汤

冬日的餐桌，最期待的就是掀起砂锅盖头的那一刻。加了百叶结的腌笃鲜是时鲜货，铺好蛋饺肉圆的三鲜锅又叫全家福，这些都是宴客的小菜，隆重、上台面。那鱼头豆腐汤呢，还是适合留给自家人，亲香浓郁，最主要实实惠惠，如同家常的日子。

烧鱼头汤的鱼，脑袋一定要大。胖胖的，多肉，但这肉要藏在鱼骨里的才好吃，那种鱼头下的整段肉，倒是越少越好。你说物以稀为贵吧，也不全是，鱼头比不上什么鲍鱼、海参，没那么名贵。只是吃这种事情上，也是讲究章法的，该吃什么就吃什么。既然是冲着鱼头来的，那自然是越精越好，精是精确、精准，如果想吃鱼肉，直接买中段好了，何必要这么牵强。还有欢喜划水的，有肉有骨头。要什么就只要什么，爱，就得执着一些。

书归正传，说回鱼头。烧汤之前，鱼头得油里煎一煎，这样笃出来的汤才是奶白色，才能鲜美。奶白色的汤底，加上白皙的豆腐，这种叠加的颜色，纯粹得让人感觉无比富足。还有最后撒上的那把香菜，碧绿生青，不是用来增色的，倒是衬得底色更加完美。如同中国画里的布白，如果没有墨色的映衬，怎么能显出它的空灵与美妙。

当然有欢喜空的，就有喜欢色的；有喜欢清淡的，就有欢喜浓郁的。这锅鱼头豆腐汤也可以加点酱色，变得更丰腴一些，浓烈些。最后还是撒上那把香菜，照样碧绿生青，只不过它这次是来增色的，石绿配赭石，那就是国画里的点山水，多有多的味道，少有少的妙处，是多是少，拿捏好了就好。

如今想吃鱼头汤可以去菜场，让鱼摊主人专挑了这部位买。但先前不行，鱼总是要整条的买，没有哪家愿意这么分解了给你。所以吃鱼头汤的日子大多在冬季，要么家里炸熏鱼了，要么是鱼中段用来暴腌，放着后面慢慢吃。鱼头，像是电影片末的彩蛋一样，不是最主要的情节，但往往更加精彩。

之前的很多很多年，常是这样吃到鱼头汤的。因为家里的叔叔欢喜钓鱼，而且是此间高手，每次出手总不落空。为了钓鱼，他自己琢磨鱼饵配方，什么丁香、豆蔻、桂皮、八角，林林总总的。除了他，谁也数不清楚。这些香料他要去中药铺子里买，他说做药材的香料比南北货店里的要好，更香更正宗。最绝的是，叔叔绝对不在一家铺子里一次性配齐，总是每家店里只买两三样，就换一家。按他的说法，药铺里抓药的师傅都是人精，两次一去，那方子就摸透了，为了保密，他宁可麻烦些多跑几家。

叔叔的这门钓鱼手艺有点名气，每次满载而归的时候，街坊邻居都排着队去看热闹。人家钓鱼回来是用桶装的，他呢，是得准备好一个洗澡盆给他才行。于是，对面住家送一条，楼下送一条，楼上再送一条，我们家得自行车骑个半小时路程，也是会送的，因为自家人总是亲的。

那条鱼，大大的，肥肥的，就这么被挂在自行车的龙头上，叮叮当当地骑进巷子里，很远就听得见。有年的冬天很冷很冷，清晨路面上的薄冰还没化，那个熟悉的车铃声又响了。那鱼是前一夜的收获，问他，冷么？他傲娇地回答说："鱼头有火，不冷！"

又是十年过去了，叔叔也已远去十年。天堂的冬日不知冷不冷，那里的鱼，是不是照样，大而肥美。

腊味与年味

腊月，一年的最后一个月份，再暖和的江南也开始天寒地冻了。老底子这时候是腌制腊味的时候，腊肉腊鸡腊肠，还有那特别震撼的鳗鲞，就这么一整条地挂在那，迎着风慢慢等着年的到来。弄堂狭小的过道里挂满了腊味，原本用来晾衣服的竹竿，这会子让位给了这些年货。那一串串的，嫣红的，丰腴的腊味，终日飘散着年的味道。

腌制腊味，哪怕是同样的配方，手势不一样，出来的味道也会有差别。所以张家阿婆的腊肉，和李家姆妈做出来的就不同。还有晾晒的时候，什么时候晾出去，什么时候收进来，在外面吹几天，都是有讲究的。有的食材要风干一些，有的呢要保持一些水分才好，太干了吃起来像啃柴火，也没味道。还有些，自家再努力，也不如店铺里做得好，尤其是那些老字号，自是有他们的秘方，用了百来年，藏了百来年，自有他们的道理。

去趟南京路，一路上的老字号各家有各家的好，荡一圈买上一些，给年底的日子添些滋味。虽然离春节还有些日子，年货备也是备得的，尤其是咸肉腊味这些，禁得住摆放，早些买没问题。何况腊月的日子也要好好过，冬至呀，进九呀，这些三餐吃食也重要，也得安排好。老话说，"冬日进补，开春打虎"。虽然这老虎打不得，也不是人人都能做武松的，但工作呀，学业呀，都蛮紧张的，照顾好一家老少的身体，也是件大事情。买吧，铜钿只要花得值，也是开心的。

穿过河南路、山西路，没一会就到了邵万生，一块金字招牌挂得高高的。一旁的梧桐树有些年头，枝繁叶茂，遮住了招牌的一边。只要不起风，初冬的阳光还是灿烂的，穿过树叶，从缝隙里洒落下来，照得招牌有些晃眼。不过对于老主顾来说，根本不用抬头看什么招牌，每个柜台卖些什么，心里早就有谱的。甚至什么时候上新货，他们都知道，算好了日子才来。那些剩下的库存他们是不会要的，要挑时间最新，色味最好，还要是最划算的。上海人的日子，向来是这么精打细算的。这种精明不用什么大阵仗，是日常里的点滴训练出来的，要想把日子过得好过得舒心，样样都得盘算，左一点右一点，不伤筋动骨，却能日积月累，日子也就多点能腾挪的底气。

走进店铺，这家原是宁波人的买卖，所以糟货是出了名的好，什么糟蟹糟鱼糟泥螺，样样都有滋有味的。店里最尽头是一排腊味柜台，摆着各种腌制品，那一只只火腿琵琶样挂在那，灯光下红艳艳的，诱人得很。还有那股子味道，带着点岁月的鲜香，若不是有点年岁的人，是欣赏不来的。

咸肉、南风肉、火腿肉都是好的，各有各的用场，或蒸或炒或炖烫，各样买上点。最不能忘的是再加几只腊鸡腿，这里的腊鸡腿，去了骨头，软硬合适，只只油津津的，卖相实佳。天冷的时候，蒸一盘腊鸡腿，配上百叶丝，或是芋艿，都是好吃的，又方便又清香。蒸的时候，满屋子都能飘出香气来。它和炖鸡汤的味道不一样，更厚实些，但却不油腻，也不腥气。或是再切点腊肠，腊肉、腊鸭，拼一个腊味拼盘，就显得更隆重了。这些腊味，看起来做法差不多，可味道千差万别，如今居于一处，让它们慢慢融合，你中有我，我中有你，可我还是我，你也还是你，这种滋味，真得一样一样，慢慢品才好。

想好了怎么配今天的采买，也相中了哪几枚，和柜台上的师傅说下就好，他自会帮你翻看，等你相中了再切配称重。有经验的师傅，一刀下去，分量不会有大偏差。至于那些翻来翻去，左右挑不好的客人，多少是要受一些白眼的。

"侬到底拣好了哦?"其实不用多，只是扔出这么一句，也就够分量了，识趣的人也就选定停了手，就它吧。

称好的腊味包好，装进袋子里，心满意足地荡出去。隔壁就是朵云轩，其实蛮想进去挑支毛笔的，家里的七紫三羊得换新的了。可看看手里的那些腊鸡腿，想想还是算了，墨香和肉香，有时候还是不太容易你中有我的，不如下次再说。

腊梅、腊肉与腊八

腊月，是腊梅花开的日子。远远地就能闻见一股子清香，这就是冬的味道。从花市里买一捧回来插瓶，高高的枝条，带着花苞。每天早上起来都有那么几朵开得好。有人说这花是腊月里开的，所以叫腊梅；也有人说因为花色似蜡，所以应该叫蜡梅。这些，还是教给植物学家去掰扯吧，只知道在这冬日里，一缕清香是美的，称着这日子也有些高远起来。

腊月，是该煮腊八粥的日子。红枣、赤豆、花生，零零落落地凑齐八样熬粥，最后再加上冰糖。腊八早上起来吃一碗这样的八宝粥，甜甜的，糯糯的，暖暖的，把好日子的温度捧在手里，更记在心里。

如果在北方，这天还得腌腊八蒜。蒜瓣剥了皮浸在陈醋里，封上口，一直到年节里用它来过饺子。饺子就酒，越喝越有，另一个少不了的配角，那就是腊八蒜。启封的腊八蒜通体是绿色的，模样有点好看，滋味也更浓郁些。

腊月，是该腌腊肉的日子。还有腊鸡和腊肠，眼看着春节临近，是时候该忙活起来了。肉要肥瘦相间，用粗盐和花椒炒香了后腌着，然后穿上麻绳挂在屋檐下。腌肉的时候，手脚得勤快些，早上晾出去，晚上收回来，不能晒着太阳，也不能让雨水淋着。

其实何止是腌肉，过日子哪天不得手脚麻利，否则桌上的灰尘会帮你记着疏懒的钟点。腊月里，去上海的弄堂走走，晾衣竹竿上挂满了这些年货，嫣红的腊肠打着节，长长的是鳗鲞，这是腊味里最轧台型也最吃身价的。吹得半干的鳗鲞蒸一蒸，撕开，蘸着米醋，和着姜丝，味道最赞，年夜饭的圆台面上怎么也是少不了的美味。

腊月，是可以养水仙的日子。漳州的水仙最好，如果有些手艺，那就买了球根回来自己雕。留出花苞，还得考虑整株花的造型。这是个技术活，像我这种不精湛的，还是欢喜去买雕好的半成品。买水仙要成双，这样两朵拼在一起，用牙签固定住，正好围合。浅浅的水仙盆里摆些雨花石，既是装饰，也是为起固定作用。水仙又叫凌波仙子，最适合摆在书房里做清供，取的就是个雅意。

适合做清供的，还有佛手。金黄色的佛手柑，不用来吃只用来供。一到冬天喜欢请回来一些，找一个好看些的盘子供它。最常用的是一个红色漆盘，里面雕着几片银杏叶。是有一年去镰仓买回来的，喜欢那抹暗红色，不争不抢的样子，放在家里蛮美的。还有一个汝窑天青色的碟子，用来配佛手也不错，摆在书桌上，素雅得很。

腊月，是该盘点的日子。旧年剩下最后一个月，后面就是新春了。一年又一年，过得着实有点紧。算不上什么丰功伟业，但寻常日子，也有必要做些总结。

比如，孩子今年又长高了些，学业也还过得去，只是比去年更学了些精致的淘气，孩子么，这都是难免的。家里的长辈，身体也都还好，彼此照应着帮衬着，谁都不容易。朋友们见面的日子不多，但都多少牵挂着。

自己呢，有些收获有些取舍，人到中年不再喜欢那些花哨的东西和吃食。想给自己买点好茶、好书，细软的羊绒也还是可以再添一两件的。年纪到这儿了，质地不好的衣衫不再能够上身，浑身不自然的新衫，不如一件旧袄来得舒服。

腊月，其实，是年岁又要长长的日子。天增岁月，人添寿，也就是二十多天的事情了。

冬至夜，汤团总是吃双数的才好

有人说冬至夜，理应比冬至提前一天，就像平安夜在圣诞的前一个晚上，大年夜后不也才是春节么。但这些都是理应，冬至这天的晚上，依旧被家人叫做冬至夜。

江南人的冬至夜是讲究的，和过年一样讲究。那天老人家会一遍又一遍地关照小囡，晚上要早点回来，冬至夜不好在外面疯的。至于为什么，她们不明说，只是念叨着，能早一点就早一点，直到孩子大声笃定地答应了，才许出门读书去。

然后家里开始忙碌起来。

一早鸡汤要先炖上的。从冬至开始，就该进九了。九天一个循环，一九一只鸡，九九下来，鸡汤喝好，身子补好，这个冬天才是踏实安稳的。炖鸡汤要选那种沉甸甸，丰腴一些的老母鸡，破开来就能看到黄澄澄的油，这样烧出来的鸡汤才香，才好吃，清水寡淡的那种，还不如吃青菜豆腐，何必搭上时间和煤气。

花上一天的时间，炖一锅鸡汤，这是冬至日的开始。

冬天的太阳最是金贵，起得晚，落下得早。天一冷，估计太阳也要在被窝里多赖上一会，不肯那么早起床，和家里的小囡一样。冬至的这天，白天尤其短，短到，刚把咸肉、香肠晾出去，一个转身，天已经要暗了下去，所以这一天的动作要快，否则那么多的事情，忙也忙不过来。

比如刚修好的水仙花要换水，这种娇嫩的花得好好养，不早不晚，算好日子，春节的时候才能正正好开花。亭亭玉立地摆在茶几上，看着就满心欢喜，那股香气，你说淡雅吧，但总能让你闻得见，哪怕厨房里再有菜香肉香，统统盖不住它的香气。一个冬天的照顾，它会以它的方式来感谢，花也好，人也好，情谊总是在日子里慢慢累积。

弄好花，打扫好房间，这白天的时间就得在厨房里待着了。冬至晚上的小菜要多弄几个，荤的素的，红烧的清炒的，香糟的干煎的，冬日里欢喜的那些能多一些就多一些。这天晚上总要吃得好些。一边切配着，一边时不时地看着煤气上的鸡汤，掀开盖子用根筷子戳一下，戳得动了就好把火关掉，再炖下去，鸡肉烂了，样子没了，口感也不好。一开一关之间，鸡汤的香气又飘荡起来，悠长得很，随着雾气慢慢落下来，落在衣领上、头发丝上，厨房里忙碌的阿婆、姆妈，这一天都被笼罩着这股子香气，只是彼此不觉着而已。

不知不觉，已是午后，无线电里的节目换了一个又一个，不太记得在放些什么，只听到过两天又要降温了。也是，过了冬至，进了九，天是该冷下来了。否则阳台上的那些鳗鲞呀，风鸡呀，可要变味的，水仙花也弄不好要提前开了，春节里可哪能是好。

嘴里念叨着这些那些，手里是不好停的。水磨粉还要再捏两下，黑洋酥的圆子还得再包几个。江南的冬至要吃汤团，不吃饺子的。不光是冬至，江南的节令没有一个是吃饺子的。今晚可以是黑洋酥汤团，可以是红枣核桃汤团，可以是酒酿小圆子，可以是鲜肉大团子，但就是不能是饺子。家人回来，坐在一起吃夜饭，台面上没有汤团，那叫什么团圆，这最后的点心，一定得是糯的、甜的，很甜的。

备好了汤团，最长的夜就落下来了。

不知什么时候，弄堂里飘来香烛的味道，锡箔折成的元宝一个个被扔在火堆里。弄堂的这头和那头，总有一星星的火苗在亮，火苗不大，一会也就灭了。对着香烛拜上一拜，碎碎地絮叨几句，更多的等着来年的清明再说。

转身回到房间，热腾腾的饭菜，热腾腾的黄酒，热腾腾的家长里短，冬至的夜，反倒比往日更闹猛一些。再催催小囡，让他们快些回来，鸡汤又热了一遍，塌菜冬笋也已经准备下锅炒了。

冬至夜，是不好晚回来的。否则那些热炒要冷，汤团放久了也不再好吃。还有总要坐一起商量下，今年的年夜饭是家里吃，还是外面吃。大年初一先去谁家拜年好呢。

热上一壶黄酒，一边吃一边说起，苏州的冬至是要喝冬酿的，七宝的白切羊肉也到了最鲜美的时候，还有宁波的年糕，绍兴的梅干菜烧红烧肉最嗲，肉要肥一点，锅子要大一些。

留几分胃口，每人吃上一碗汤团，胃口小的吃四个，胃口大些的吃六个，总之要双数的才好。这个晚上，一切都要讨个吉利，把这顿晚饭吃得圆满些。

冬至的夜，真的很长，一年中最长的夜。

收拾好碗筷，理好台面，还有好些闲散时间。小核桃、香榧子好再剥几颗，闲话再说上一会，一边再去打开煤气，那锅红枣桂圆甜蹄髈再热下。进九了，每碗吃上一点，童涵春的膏方可以不吃，这甜品总不能不补。

对了，书桌上的九九消寒图早早备好，写上一笔，点上一瓣梅花，数九从今朝正式开始。一九的天还不太冷，墨汁好多倒些，明晚应该不会干。

看看天气预报，明天还是晴天，干净冬至邋遢年，这个春节估计又要下雨了。

豆腐干卤鸡蛋，年末的寒夜也温暖

降温了，凄风惨雨，阴冷得直到骨头里。这就是上海的冬天，屋外没有太阳，屋内没有暖气，圣诞的热闹也慢慢褪去。

但这就是上海的冬天，该有的样子。

屋外穿着鸭绒衫，回到家里继续穿着鸭绒衫，因为太冷。

这种时候总会想到去煮点什么。只有厨房里热闹一些，家才会觉着暖和。心和胃是连在一起的，一通百通。

笃白木耳、笃鸡汤、笃甜蹄髈都可以。冬日进补，怎么都不为过。

这些都笃好，那就再卤点什么。不做小菜，就当零食，也蛮好。

卤了豆腐干和茶叶蛋。因为囡囡不喜欢白煮蛋，觉着只有茶叶蛋味道才好，那就卤上几个，好做点心。

因为想再加点味道，那就放点小白干，一起卤是搭的。

豆腐干和茶叶蛋是经常相亲相爱在一起的。上海街头常常见到小摊主把兰花干和鸡蛋煮在一起，用个电饭煲笃笃笃，一笃一晚上。

读大学时，晚自习回来，最期盼着去小铺子里吃上一个茶叶蛋一串兰花干，再回寝室。那种香气，在寒夜里最是治愈。铺子里的那盏灯，比北极星都闪亮。复习迎考的时候，陪伴了整整一个冬夜。

再后来，街边的便利店、车站旁的书报摊，都有煮豆腐干茶叶蛋的。加班回来，时常还是会买上一些，坐在公交车上一路晃一路吃。淮海路上的霓虹灯一直会亮到很晚。

如今，已经离开学校太久。很久没有再去挤公交车，报摊也离开我们的视线，消失得无影无踪。

豆腐干和茶叶蛋，本就是家里很寻常的卤味，自己煮煮，味道也是好的。

冷水煮鸡蛋，小火慢慢来，十分钟左右就好关火。剥鸡蛋壳的时候，再煮水氽豆干，豆腐干要焯一下，这样才能去掉豆腥味。

捞出豆干，剥好鸡蛋，开始煮卤汁。老抽、生抽、美极鲜，还有盐，这是鲜咸的底味。然后再加八角、桂皮、丁香、香叶、草果，这是香味的来源，再加一丢丢的辣椒、一丢丢的糖。还有茶叶，一包陈年的大红袍，放在纱包里，丢进去刚刚好。有朋友问，为什么不能放绿茶？回答她，一是绿茶味道淡，二是贵呀。

家常喝的绿茶要么龙井要么碧螺春，我是万万舍不得去做卤味的。当然如果炒青之类的，也不是不可以，但它们总是味太轻，丢进浓重的酱油汤里，一下就寻不见了。所以那些陈年的红茶、乌龙、普洱，味厚坚韧，在汤汁里任其翻滚，物尽其用，蛮好。

卤是要时间的，料齐全后，汤汁没过食材，大火煮开，小火慢笃一刻钟。关了火让它慢慢浸着。两个小时后，再开火笃一会儿，汤汁收干些，味道更浓。

"笃、笃、笃"的声音从厨房一直传到客厅，那香气，飘散得到处都是。卧室、书房、阳台，可能自己的身上都被包裹着，只是自家闻不见。

拍了段小视频发给闺蜜们，裹挟着香气和声音，外加一丝得意和调侃。半小时后，有人坐不住了，自家默默地煮上一锅。再然后，那个远在牛津的达令，出门去买豆干了。据说圣诞假期，周边的店全关，唯有中国超市还开张营业。

卤一锅豆腐干和鸡蛋，她的白天我们的夜，一样温暖一样美好。

芝麻核桃磨成粉

打开罐子看看，芝麻核桃粉要吃光了。算算日子蛮快的，冬至到现在也就半个多月的样子，这么一大包就已经快见了底。过两天还得再去趟食品公司，这三九刚开了头，离春节也还有段日子，芝麻核桃粉总是不能断的。

主妇的冬日，总是忙忙碌碌的，操心会这个，盘算点那个，一整天都没个空闲工夫。其实不光冬日，一年四季差不多都是这样子，春有春的念想，秋有秋的折腾，只是冬天更烦琐些，年节靠近，事情自然更多更琐碎，要操的心不是多了一点半点，那是翻着跟头地叠起来，一件接着一件地来。每天看着年历把事情安排一下，可就这样，到了晚上躺在鸭绒被里，还得再细细过一遍，生怕漏了什么，后面那就越发紧张了。但忙归忙，有些事情是一定要安排好的，比方这芝麻核桃粉，那是一天也不能落下，天天要吃的。所以趁着明日天气好，不如就去吧，买好弄好，这心才能放下，否则总觉着有件事情吊在那里，蛮难过的。若是当中又生出点其他事情来，这芝麻核桃粉就要断了档，多少不好。

上海人就这样，天一冷就开始要备点补品。倒不一定非要虫草海参的，日常的滋补才是最合适的。还就是蔡同德的膏方好是好，也不是人人都吃得的，得去坐堂先生搭了脉才行，药总是混吃不得了。但芝麻核桃这种食补是不太挑人的，一家老小都吃得，补气补血还美容，最好不过。

所以一进腊月，食品公司总会单独设个档口出来，专门磨芝麻核桃粉。是的，上海人欢喜小核桃，但不太欢喜吃囫囵个的大核桃，哪怕是这几年流行的纸皮核桃，也只能当作零食难得吃吃，如是当补品那还得精加工一下。

一份黑芝麻，一份核桃，半份白糖，把它们磨成粉，这就是冬令补品的标准配方。若是有点其他要求的，还可以加红枣、茯苓什么，或是少些糖，都可以按要求来调整。说了配方，营业员将食材倒进机器里，一阵轰隆隆的响声，再伴着一股子香气，没几分钟就磨好了。芝麻、核桃特有种果实香，经过粉碎后更是香气四溢，那是种温暖的富足的香气，冬日里特别诱人。就这样每一位主妇磨上一份，整个摊位、整个铺子，甚至街上都弥漫着这股香气。每当闻到芝麻核桃粉的味道，也就知道上海的寒冬真的到了。

拎着沉甸甸的一袋子，绕了小半个城，就这么晃悠悠地散着一路的香气，终于到家了。其实家门口的菜场里也有加工芝麻核桃粉的，主妇去看过，也很清爽，可总觉着不如食品公司的牢靠。若是平日买些随便吃吃，也就罢了，想到这是一个冬天的补品，那还是应该去最好的那家。

从小到大的记忆里，芝麻核桃粉就该到食品公司买。那条街上有泰康也有三阳，都是老字号的店铺，一入了冬也都纷纷摆出磨粉的摊位来，可就是没有食品公司的人气旺。哪怕是排上个把钟头，冻得手脚冰冷，也还是要到那去。人就是这样，心里认准的事情，很难改变。

老店铺，老柜台，老面孔，老配方，唯独这芝麻核桃是新的，而且一天下来就见了底，第二天上的又是新货。生意这么好，太阳没落山就卖光打烊了，哪还用担心什么陈芝麻蒿核桃。那一排排一层层的老客人，就是最好的招牌，所以远些累些，也是值得的。有了这些滋补品，主妇一整个冬天的心都可以放下了。

上次买了一份，这次干脆多买些，可以多吃些日子，毕竟奔波一次是吃力的。趁着新鲜，盛上一小碗给囡囡，就这么空口吃吃。这小碗是真的很小很小，老底子用来吃红枣莲心汤的那种，手心大小的一盏，再配个小调羹，一口一口刚刚好。

晚饭后再用它烧个甜羹。冬天晚饭吃得早，夜里难免感觉寒浸浸的，总会想着弄些夜点心吃吃，不要什么咸的油的，就要那种甜蜜蜜糯答答的糖水。芝麻核桃粉配上西湖藕粉，再调些糖桂花进去，就是一份芝麻糊，香浓得很。

一人一盏芝麻糊捧在手里，说说闲话，冬日的夜，长些也蛮好。

团圆的味道

在我印象里，老底子的上海人不吃火锅吃暖锅。冬至一到，厨房里那个"申报纸"包好的暖锅就拿出来好用了。这里插播一下，《申报》是老上海排名第一的报纸，清朝同治皇帝的时候就有了，那些大事小情都是通过它传到百姓家的。所以上海人把报纸叫做"申报纸"，这里的"申"就是指《申报》而不是"生报纸"，想想也是，报纸哪有生的熟的。

那个申报纸包着的暖锅是铜的，用的时间长了颜色有点发深，看不出早先那种黄澄澄的样子。暖锅中间有个烟囱，可以放烧好的木炭，对的，就是如今在热气羊肉店还能看到的那种火锅，只是北方人用来涮羊肉，我们用来吃暖锅。

上海人家吃暖锅是件隆重的事情，年夜饭的压轴菜就是个什锦暖锅，这菜一上，后面就该鸡汤，再然后就是八宝饭、酒酿圆子这些点心的市面了。暖锅要好吃，先得有锅鸡汤打底，没办法，鸡汤鲜呀。《红楼梦》里一道茄鲞也得用十来只鸡去配它，否则出不来那股味道。所以年下的煤气灶上终日不停，鸡要炖了一只又一只。

　　暖锅是有标配的，蛋饺就是之一，而且是重中之重。蛋饺颜色金黄，活脱一个金元宝，年底大家讨个好彩头，一年的喜气从餐桌开始。除了蛋饺，还有肉圆，可以是水汆的，嫩些；可以是油炸的，香些；自然也可以两种都有，那就是金银配。还有水发肉皮、鹌鹑蛋，都是暖锅里常见的组合。除此之外，像咸鸡、虾、干煎带鱼，那就是自选项目了，看家中的存货来定。不过我是蛮欢喜放这些的，东西越多味道越哆，干煎的带鱼放在暖锅里一热，鲜鲜的软软的，味道特别不一样。

　　暖锅好吃，料要足，摆起来也有讲究。黄芽菜粉丝做底，放在最下面，一来可以把锅底垫高，让那些精细的料铺在上面，客人好看得见，这是面子问题；二来黄芽菜要炖得时间长些才好吃，慢慢笃慢慢吸收味道。至于粉丝，一定要选龙口粉丝，经煮不烂，山芋粉丝就不灵了，卖相和吃口都太粗犷，和江南的一锅鲜不太搭配。打好了底，上面可以再铺一层冬笋，春节时候的笋是时鲜货，在暖锅里配着鸡汤最好不过，让汤鲜上加鲜。然后就是咸鸡、带鱼、肉皮分开放好，外围一圈肉丸，最后围边的一定是蛋饺，一个挨着一个，金黄色的，有种金镶玉的富贵感。再考究一点的，中间好再放点花菇、干贝、鲍鱼，不用多，点缀一下就好，最后把热的鸡汤倒进去，暖锅就算完成一半了。

年夜饭吃到一半的时候，炉子上就好开始烧木炭了，把炭烧好，小心地夹到暖锅中的烟囱里，等着它把一锅什锦鲜味烧开。一会儿工夫，锅内翻腾热闹起来后，暖锅就好上场了。

　　打开锅盖，什锦滋味，什锦祝福都在里面。热腾腾，暖烘烘，这就是团圆的味道。只是戴眼镜的朋友比较尴尬，眼前一片雾气，什么都看不见，等清亮起来，咦，哪能最大的那只虾不见了！

有了肉皮的三鲜暖锅，才是正宗的

年末的三鲜暖锅总是隆重的，放了蛋饺，放了肉圆，还一定不能少了肉皮，至于黄芽菜和粉丝，那是铺在下面垫底的，撑门面的那些是样样不能少的。至于为什么？回答你，没有那么多为什么，从老底子到今朝，都是这样的。有了肉皮的暖锅，才是正宗的三鲜暖锅。

世间有些事情，到了时间节点，自己总觉得该去弄一弄。根本不用去考虑理由，就会按部就班地进行下去。也许一旦结束，感觉似乎又没那么必要，不过弄也弄了，做也做了，不如就完美收尾，顶多明年不再继续了。可到了第二年，到了那个日子，该做的还是会做，一切如旧。

就如那个三鲜暖锅，做了蛋饺，做了肉圆，总是不会忘记去泡上一块肉皮的。炸好的肉皮，掰上一块，"啪嗒"一声，一分为二，还是太大，再"啪嗒"一声，巴掌大小的两块放在冷水里，慢慢浸着。年底的时候，上海人家总要想着去三林塘，买点肉皮回来，年节里烧菜要用的。三林塘的肉皮最有名，厚实、松脆、卖相好。肉皮铺子里总有那么几档区分，越是厚的肉皮，价钱最贵。它发头好，吃口自然更好。

会做人家的主妇，看不上最便宜的那档，成色太差，入不了眼的。可最贵的那档，价格太贵，好似没比中间的那些好太多，性价比总要算上一算的。那些中间价位的，不丢面子又不伤荷包，省出的钞票，再去买点香菇、木耳什么的，一起吊吊汤，也是很鲜的。

选好了肉皮，让摊主切切好，四四方方的一块一块装在马甲袋里拎回来。三林塘蛮远的，要过黄浦江了，去一趟总要多买点，隔壁的阿婆年纪大了，要么也帮她带上一份。自家好姐妹下周要碰头聚会的，送她一点，应该蛮欢喜的。年下了，烧汤炒菜炖暖锅，都少不了肉皮，送点年货做礼物，总是应景的。

就这样，黄澄澄的肉皮挤进大号马甲袋里，交到主妇手里。拎着它，去坐摆渡回家。黄浦江上的轮渡，载着她们和满满当当的年货，回到了浦西。下了轮渡，下了公交车，回到家，已是要做晚饭的时候了。

弄堂里人来人往热闹起来，见了面，看到肉皮，总要问上几句："今年的肉皮价格涨了没有呀？买的人多不多呀？"看一看，捏一捏，再夸上几句，眼光好。就这样，主妇和肉皮被一路夸过去，从弄堂口到楼梯口，一眼看得见的距离，倒是走了蛮久的。

吃力了一天，放下肉皮，先简单吃了晚饭。收拾好后，连夜泡上一块肉皮，就那块零碎的，算是抹去零头又送的。明天先烧个简单的肉皮汤尝尝，看看今年的质量如何。对了，冰箱里还剩下一块肉皮，是旧年春节时候的，要找出来扔掉了，陈年的肉皮总会有点油蒿气，不好再吃了。

第二天的晚饭桌上，汤，自然就是肉皮汤，放了火腿、冬笋，鲜是肯定鲜的。泡发好的肉皮，肉筋筋的，吸满了汤汁，味道和去年一样，没走样。那就放心了。年里三鲜暖锅好继续做了，那些蛋饺呀、肉圆呀，还有咸鸡、火腿，放心扔进去。肉皮买好了，其他的到时候慢慢准备，不忙的。

对了，隔壁阿婆的那包肉皮还没送过去，晚些时候再说。毕竟只多买了一份，倘若再有邻居看到问起来，总不太好意思。不是不愿意帮忙，实在是路远，蓬蓬松松的东西一装就这么一大包，拎太多真的吃不消。

再留出送给姐妹的那份，回头看看，自家剩下的倒也不多了。省省吃吧，年里的暖锅够用就好，开了年，天一回暖，烧肉皮汤的机会也就少了好多。

其实不管买多买少，冰箱里总是会留下一块，一直等到来年的冬天，才会想起。那时候，新的肉皮又到了，还是三林塘的，那是那个铺子的，一样黄澄澄，肥嘟嘟的丰腴。

蛋饺，总还得自己做的才好

前两天晚饭的时候还在和家里人抱怨，春节前事情太多，要采买要收拾，每天忙得像打仗一样，今年要么就简单一点，有些东西买现成的就好。比方说汤团就不包了，买两包黑洋酥心子的算了；八宝饭么也不自己蒸了，去南京路买年货的时候，到沈大成门口弯一下，买两个回来，它们家的还是好吃的，自家做的倒是没有那么糯。

哎呀，真是的，这两年的糯米也不知道怎么回事，趟趟买的都不糯。还有，这蛋饺也不包了好哦！

晓得的，年夜饭的时候那个大暖锅是要用到蛋饺的。下面么垫好黄芽菜呀、粉丝呀，再放上肉皮，还有咸鸡、冬菇、肉圆，反正就是一层一层铺好，最上面一层么肯定要放蛋饺的。一个个黄澄澄、肉鼓鼓的，卖相好，主要寓意也好。金元宝一样，吃了来年有好财运。

问蛋饺买得到哦？不要太好买啊，超市里就有的，冰柜里面总是和各种贡丸啊、虾丸啊摆在一起。商家会做生意的，叫"火锅总汇"，吃火锅么也好放蛋饺。不过这种机器做出来的蛋饺不好吃，一点味道也没有，肉馅像塑料一样，不灵不灵。

　　菜场里有个摊头也有蛋饺卖，每天现包，蛮新鲜。年轻人时髦，不欢喜去菜场，其实菜场里才有好东西。菜场里都是卖给熟人的，要是东西不好，不但没有回头客，还要被人骂山门。不像超市，东西堆在那，哪里晓得是年轻姑娘买的，还是时髦阿婆去挑的，这样买东西冷冰冰的，一点不灵光。

　　菜场里那个摊头就卖三样东西，蛋饺、肉圆和馄饨，馄饨么有全肉和菜肉两种。一个上点年纪的阿婆在那包馄饨，肉圆和蛋饺是当天做好放在冰柜里，干干净净的一盒。阿婆手不沾钞票，一个纸盒子，客人自己放钞票自己找零。别看阿婆在那一门心思包馄饨，余光一直瞄着的，一分都不会少收。这把年纪了还在做生意，脑子不要太灵光。不过最近改成她儿子看摊位，这蛋饺的味道也差了点，隔壁摊头的那个苏北女人说，总看到她儿子晚上去收肉摊的边角料。咳，这么下去，生意要没得做了。

　　说实话，做蛋饺真是不难。老底子这种生活，大一点的孩子都能帮忙。家里手脚伶俐些的姑娘，到年底总要陪着大人在厨房里忙，岁数小些的就不要掺和进来了，那不是帮忙，是帮倒忙。厨房里台面上、地上都铺满东西，走动都要当心，哪能随便碰，弄不好发的水笋呀肉片呀海参呀，都要被弄坏。还有蒸的煮的，每一样都热气腾腾，烫一下可不得了。

所以能干的孩子反倒更辛苦，看着外面他们玩得热闹，也只能忍着心痒痒。大姑娘了么，就得懂事些，哪怕是装也得装下去。

摊蛋饺最好是在煤球炉上，一天烧下来，炭火不是最旺了，这时候摊蛋饺刚刚好。一个大钢筋勺子，一块猪油，左手拿勺，右手先用筷子夹住猪油在勺子上抹一下，放下；再用调羹往勺子里舀蛋液，不要多，两勺刚刚好，勺子滚一下，蛋液铺满勺子，右手再放肉馅进去。

这肉馅最好肥瘦相间，手工斩好，反正一到春节前，弄堂里全是叮叮当当的声音，此起彼伏的，有时候弄到很晚，邻居也不会投诉。那年头，不兴投诉的，家家都不容易，能早的话，谁愿意大晚上的忙碌，体谅下就过去了。现在真是，人民来信是什么事情都要去投诉，正经事情倒没地方说，不谈了不谈了。

对，继续说那蛋饺，蛋皮还要翻一下，再加一点蛋液让两边黏牢，一翻身就好了。每次做蛋饺的时候，开始几个总是卖相不好，不过很快越做越顺手，看着一只只金元宝，蛮开心的，这年一定过得顺利。

后来煤球炉没人生了，主要煤饼也买不到，换在煤气上做也蛮好，不过就是不能再坐在小凳子上弄，得一直站着。

两个小时下来，还是吃力的。过年啊，就是个辛苦的事情。大年夜晚上看着那一台面丰盛的菜就觉得还是值当的，尤其是暖锅端上来，掀开盖子的时候，那丰腴的蛋饺，圆润的肉圆，挺括的对虾，高兴呀满足呀扎台型。吃得富足，日子才能兴旺，老百姓不就这点小乐惠么。

闲话开了头，随便一提就是那么多，好了好了，碗筷还没洗，厨房还没收拾。早点弄停当，好去看电视，连续剧不好断，否则连不下去了，扫兴。

就这样，后面几天照样办年货，收拾屋子。轮到买鸡蛋的时候，还是多买了二十个，一来春节里总要多备一点，还有想想蛋饺还是家里弄吧。不多弄，意思意思摊二十个，十个一顿，好吃两次。这次说定了，一定就这么多，不再多弄，吃力死了。这次，应该是真的说好了。

炸锅肉圆，只为那片刻的开心

不管什么时候，起大油锅总是件隆重的事情。老底子得是逢年过节，才能这么安排上一会，炸肉圆，炸熏鱼，炸巧果。等到供给不紧张了，吃食上又开始流行讲究健康、清淡，油炸的东西，又总被意念管制着，心不甘情不愿的。所以，如今起次大油锅，不为别的，就为了开心。放纵是开心的，不用想着"三高"，不用想着减肥，只有了那个香喷喷、热滚滚的味道，唯有油炸，最满足。

炸什么呢？走油肉、金银蹄髈这种还是太隆重了些，不到春节，总觉得差点意思。那就炸圆子吧，小巧点，轻盈点，弄起来也方便点。弄上两三斤肉糜，放上鸡蛋，打上劲，调好味道，就好起油锅开炸了。

起初刚学着炸肉丸，我总是用个调羹，一调羹下去，稍微整下形，放下油锅就正好是个肉圆了。后来，和馆子的大厨学了点皮毛，改成用手挤。肉糜握在手心，虎口里挤出一个又一个，手速利落些，看起来也腔调很足的。再后来，有年出差到瑞典，更新了下手艺。肉圆是瑞典的国民菜，地位相当于我们的番茄炒蛋，几乎家家馆子里都有这道菜。机缘巧合，宜家总部的大厨教授了我几招，大致晓得了外国肉圆是怎么做成的。瑞典的肉圆是牛肉馅和猪肉馅混合在一起，里面要加上洋葱、欧芹，还有很多香料调和在一起，再拌上酱汁，就是斯德哥尔摩的味道。

自家炸的肉圆，不用这些配料，顶多在肉馅里加点马蹄碎，上海人叫"地梨"的，这样吃起来有点脆脆的，口感更好。不过外国大厨做菜时，把肉圆从左手扔到右手的样子，还是蛮可爱的。小小的一团不成形的肉馅，这么左一下右一下地，就变得劲道十足。虽说不至于像周星驰电影里那样，能上桌打乒乓，倒也是口感好了很多。于是，回来后也自己这么弄起来。

做菜这个事情，就这样，学无止境，费时费工更无止境。面对着一面盆的肉馅，开始一个肉圆一个肉圆地扔，左右来回三次，再滑进锅里。这场面看着多少有点好笑的，有点像杂技团练功的味道。

多了很多功夫，味道上总是好了点，哪怕是一丁点，也是蛮值当的。下厨房的乐趣，也就在这份琢磨上，东学一点，西问一点，左一点右一点地加在一起，就能把自己修炼得蛮成样子。自娱自乐，也得有所追求。

刚出炉的肉圆最好吃，又香又脆，用根小竹签串起来，像冰糖葫芦一样的。这是给孩子当零食吃吃玩的。

然后那剩下的，就好放在那，慢慢安排起来。简单点的放些粉丝、黄芽菜，就好烧个小菜。复杂点的配上肉皮呀、鹌鹑蛋呀、蛋饺呀，那就是三鲜暖锅。炸好的肉圆围上一圈，寒夜里热热闹闹的，看着就开心。

　　是的，就是开心。起油锅开心，肉圆子在手里团来团去开心。它们在热油里翻滚，滋滋啦啦的欢腾声，听着开心。鲜香滚烫的肉圆子吃在嘴里，落进胃里，更是开心。因为除了美味，你是把开心当成了调料，一起包裹进去，慢慢品尝，慢慢消化。

水笋烧肉，总是在每个晚上想起

已经睡下了，突然想起水笋还没浸上，披上滑雪衫，去厨房。冷是真冷，厨房间的窗户开一条缝隙，西北风一个劲地穿出来。好在自己摆好的东西熟门熟路，拿出几片水笋，放在自来水里泡着。泡开了明天再洗。

水龙头再拧拧紧，关上灯，关上门，赶紧回卧室。厨房里的那个窗还是留着条缝，大冬天的门窗都关紧了，万一煤气中毒，可不是开玩笑的。抖抖索索地坐到被窝里，慢一点，睡之前手上再涂点护手霜，再忙，保养是不能少的。女人的一双手，总要嫩一点美一点才好。

一觉醒来，离大年夜又近了一些。一边吃早饭，一边盘算下今天该做些什么，其他的事情好摆一摆，还不是太着急，但笋干是一定要弄好的。刚刚去厨房看过，虽然已经泡上，到底是晚了些，还没有泡开，笋硬硬的干干的，估计得再浸上一天才行。

冬天的日子总是很短，虽然冬至过了白天一天比一天长起来，但没开春，太阳照样很早就落山了。晚饭前去看看泡在那的笋干，厚实了很多，滋润了很多，应该是可以了。捞出来，洗干净，把它切薄片，今年的水笋买得好，嫩头多老头少，扔掉的不多。买东西就这样，虽然买的时候多花了点钱，有些心疼，但烧起来就能分出高下。便宜货到最后要扔掉不少，加上调料呀煤气费呀，一样不节省的。最主要弄得心情不好，越弄越生气。心情不好，烧出来的小菜怎么能好吃呢？烧菜、谈朋友、做工作都一样，心情很重要，心平气和，才能眼光准，效果好。

春节前的厨房间是蛮忙的，两个煤气灶没有一刻空着。这边刚烧好晚饭，又要打开煤气，灶头上端上口大锅，水笋要焖上一会才行。只有足够的温度，足够的时间下去，笋干才能真正泡发好。那股子苦涩的味道也要洗干净才行。干货都有股酸涩的味道，许是只有这样才能保存长久，把那份鲜呀嫩呀包裹起来，裸露在外面的就是不起眼的模样。任凭吹也好晒也好，打包装箱也好，都无所谓。但只要遇到水，遇到温暖，就会恢复，而且越来越滋润，甚至比新鲜的时候更有味道。

边煮笋，边收拾厨房间。该擦的擦，该扔的扔，一年到头，厨房里总有好些东西堆在那。平日里不舍得扔，总觉着也许哪天会派上用场。到底是哪天呢？一年了，那天还是没来。扔了吧，这些盒子呀袋子呀，明年还会有。还有不知什么时候剩下的半包红糖，一点八角，统统扔了，新的还来不及吃，旧的处理了干净些。否则一不留神弄错了，倒是耽误了一锅菜。

笋煮好了，关了火，淘洗干净，再泡在清水里。都安置好，看看钟又好晚了，去睡吧。晚上的连续剧也没看仔细，算了，反正这种片子，漏掉了后面照样能接得上，不影响剧情的。也就是打发个时间，忙起来，这种有的没了，也顾不上了。

又是一天，浸在水里的笋干彻底发好了，发得有点多，一次性烧不完。捞出一部分来烧肉。水笋烧肉，要挑五花肉，太瘦了不好吃，烧不出那种油津津的色味。趁着菜场里的摊位还热闹，再去买点新鲜的肉回来。那对苏北小夫妻人老实，手脚利索，摊头上总是收拾得清爽，尤其那块抹布总是洗得干干净净，不像旁边那家，哪都油腻腻的。斩上一大块肋条，肥瘦相间的，老板贴心，分一些瘦的出来，好切片切丝，做配菜的。

还是晚上，不着急的时候，把发好的水笋和肉一起笃，时间要长一些，肉酥烂了，味道才能进去。尝尝味道，好像淡了点，再加把冰糖，新年里的菜，甜些好吃。熏鱼、烤麸、八宝饭，都要甜，否则淡淡的，没有滋味。这种时候，就不要担心什么血糖呀、血脂呀，一年到头总要过两天舒心日子。

又是一个晚上，又是热气腾腾的厨房，又是手脚不停地忙碌，除夕前的日子，总是这样停不下来。

后面的日子，每个晚上都要把水笋烧肉热一热，从大锅子换成小锅子。至于那些没烧的水笋，放在冰箱里冻起来。过了那几天，后面还可以再烧一次。每次到最后，笋都挑光，肥肉也烊掉，只剩下那些瘦的，热一次硬一次，总想着下回烧的时候，干脆买些肥的算了。可到了下一次，照样去买肥瘦相间的五花肉，照样去那个苏北小夫妻的摊头，习惯的日子，改是蛮难的。

你侬我侬，猪油糖年糕

这世上有些东西，它就是用来锦上添花的，不是生活必需品，但有了就能化腐朽为神奇，让滋味变得与众不同。所谓金风玉露一相逢，便胜却人间无数，大抵也就是这种感觉。比如普洱装进小青柑里，蟹肉酿进鲜橙里，分开的都已经很好，但遇见了，自然更有一番滋味上心头。那猪油揉进年糕里呢，就是你侬我侬，忒煞情多呀。

年糕，软糯；猪油，鲜香；这两种滋味搭配在一起，不是你是你的、我是我的，而是你中有我、我中有你。冷的时候，猪油一粒粒镶嵌在年糕里，看得见，可一旦加热了后，猪油一点点融化，慢慢地润在其中，年糕的每一个空隙里都被它沾染，化有形为无形，看是看不见了，但吃起来，完全不同。江南风味大多如此，从来不是硬邦邦的，同样的质地也能分出不同品格来。和吴侬细语一样，听起来软绵绵，嗲丝丝，说得了风月，也上得了公堂。苏州评弹里《莺莺操琴》是婉约的，但《林冲夜奔》又是多么酣畅淋漓，荡气回肠。再说得简单点，去小巷口待上片刻，苏州妇人的吵架声刮辣松脆，那也是一绝。

喷喷，一说江南就说多了。说回猪油糖年糕，苏州的和上海的款式有所不同。苏州的猪油年糕有红有绿，红的是玫瑰，绿的是薄荷，猪油粒大颗分明，上面撒着桂花，看着很是喜庆。每次去苏州，都要到黄天源买上点儿，一样来一块，带点味道回去慢慢回味。上海的糖年糕是白色的，除了猪油，不再加其他东西，猪油也是揉碎了在里面，看起来雪白一块，面上偶然有一点桂花，像块刚抛光的玉料，有种温软的美。

看杨绛先生的《我们仨》，说钱钟书最喜爱猪油年糕，蒸一蒸做早饭。钱先生无锡人，喜好这个也不奇怪，甜糯在口，就是一辈子的口味了。糖年糕除了蒸，还可以煎。把年糕切成片，不能太厚也不能太薄，太厚了煎不透，太薄了没有口感，半个手指厚度刚刚好。然后敲一枚鸡蛋打成蛋液，把切好的年糕片在蛋液里滚一下，裹均匀了放油锅里煎。油温不要太高，否则里面不透，外面就焦了，没了卖相。好的糖年糕应该是外面金黄，里面软糯，而且一定要烫心烫口，凉一点就没吃头了。如果喜欢甜的，可以再撒点绵白糖在上面，有次淋了些红糖浆也不错，味道更厚重些。

我不拿糖年糕做早饭，也不做午饭和晚饭后的甜点，总之就是正经的一日三餐是不会吃它的。早饭可以是汤年糕，中午饭可以是炒年糕，这用的都是宁波水磨年糕。糖年糕是用来做下午点心的。尤其春节的时候，年夜饭准备得差不多了，家人坐着聊天，吃吃松子剥剥小核桃，这种时候去厨房煎上一盘糖年糕，每人吃两块就好。然后继续聊天，继续话梅瓜子龙井茶，一直等到夜饭时候，好开席面。再然后，新年里客人上门拜年，下午的时候酒酿圆子配糖年糕也蛮好，晚饭不留客，但下午点心总要备好。就这么一直吃到正月十五，最后一块糖年糕吃好，才是正经，年过去了。

年年不忘炸巧果

记忆中，年的脚步越近，家里的油锅就越火热。炸肉圆、炸藕盒、炸熏鱼，一切可油炸的东西，都集中在这时候，分批进油锅炸一炸。对于小孩子来说，最最期待的是炸巧果。有巧果的日子，才是"年"到了。

炸是烹饪手法里最高调的方式。不管是荤的还是素的，进到油锅里，上下翻滚，一会儿工夫就变得金黄酥脆。随着温度的升高，香气也开始扩散开来。和蒸、煮不同，那种香气是绵长久远的，但炸，更直接也更热烈。它迅速地在空气中弥漫，而且穿透力极强。一家炸东西，一个弄堂都能闻到。它用这种方式来宣告着，日子的火红和富裕。要知道，那个大油锅不是每个人家都舍得起的。为了节庆，起一次，总要热闹点，广而告之一下。

炸是最欢快的。食材一枚一枚地汆进锅里。从滋啦清脆，到中间的咕嘟翻腾，再到后面的噼啪作响，完全就是一曲厨房版的"金蛇狂舞"。喜庆、闹腾，夹杂着欢乐和渲染，年的气氛都在这口油锅里上下翻飞。

一般日子里，大人总会让小孩子远离厨房。那里又是火又是油，稍不留神就会被烫到，唯独过年的时候不再唠叨了。一来本就忙碌，没有什么闲暇心思再去看管孩子；二来一年到头，喜庆的日子里总是心情好些，对孩子多些疼爱多些娇宠。小孩子夹杂在大人中间，一会儿厨房，一会儿客厅，像陀螺一样来回欢闹，他们就想看看什么时候开始炸巧果了。小时候，我就是和所有的孩子一样，期盼着。

　　巧果是用面粉做的油炸零食，有甜咸两种。咸的做成薄薄的三角形，撒上芝麻；甜的要扭一个拉花，模样更好看些。在众多的油炸年货中，其他都是做菜用的，唯独这巧果是零食，所以小孩子们最期待。从妈妈揉面团开始，就眼巴巴地守在旁边，顺便趁大人不注意的时候，揪一团放在手心里玩。其实，哪有什么不注意，只是宠着假装没看见而已。那个大面团被擀成一大张的面饼，再一刀刀地切成菱形，那就是咸口味的。至于那份甜的，我每年都在一旁看，可就是不知道是如何扭在一起的。只看见妈妈的手一拉，一折，一个扭棒就好了。其中的奥秘，是等自己当了妈以后才揭晓的。生活的智慧总是会随着新生命一起降临，孩子越大，技能越娴熟，日子也就过得越像模像样。

　　先甜后咸也好，先咸后甜也可以，一波一波的巧果进入油锅，再一波一波地被捞出来晾凉。守了好久的小囡一个劲地念叨，什么时候才好。一边说着，一边早就迫不及待地去捏一个尝。还带着余温的巧果，烫烫的，但还是要坚持吃下去。一片没尝出滋味来，再来一片，咸的甜的，都好吃。至于自己手里的那个面团，早被捏成了乱七八糟的样子，其实也很想扔进油锅，一起炸一下，只是被大人拦住。也罢，有了吃的，忘了玩的。吃吃玩玩，一个晚上就过去了，离"年"也越来越近。

　　晾凉的巧果要装进袋子里，扎紧口子，这样才能保持酥脆。春节里，自己品尝，招待客人，一会儿工夫也就见底了。所以每到正月十五，有心想的人家，会给孩子再炸一锅，因为再等，又是一年。

旧年水果羹

岁末，城里一片清冷，梧桐树的叶子掉光了，弄堂口临街的铺子总有两三家关了张。玻璃门上贴着"旺铺招租"的字样，只是不知道什么时候才能有新店家接手。也是有意思，人的思绪和天气经常有着强大的反差，外面越是萧瑟，内心越是翻腾，时不时会浮想联翩，把陈年的芝麻谷子，都翻出来晾一晾。

旧年的情呀爱呀，总还是得埋在心里，自己念叨下就好，说起来味道就变了。旧年的纷争，如今想想，其实也没有太多劲道，无非是东风过了西风走，最后剩下点鸡毛，连块大白兔都换不了，不说也罢。那还有什么，翻来翻去，唯有那些席面呀、汤汤水水呀，是不伤大雅的，翻出来，念念碎，抚慰下怀旧的心。

念旧，念过了春天的马兰头、夏天的六月黄、秋天的鸡头米，到了冬日，反倒想起五颜六色的水果羹来。旧年的年夜饭，最后一道，自是这水果甜羹。上海人家，家家如此。而且不光是年夜饭，整个春节的席面，都是这个排场。冷盘、热炒、暖锅、点心，最后上一道水果羹，圆满收尾。小孩子胃口小，也没耐心坐在桌上那么久，吃到热菜就开始溜出去放炮仗了，可只要一听到水果羹，立马三刻跑回来，乖乖地吃上一碗。做姆妈的看着自家囡囡，吃完水果羹，也就放心了，甜蜜蜜，热咚咚，吃好、吃暖、吃得落胃，这一天就踏实了。

旧年的水果羹里，有苹果有生梨，去了皮切成小丁，雪白粉嫩。还要有橘子、菠萝。橘子剥好，照样切成小小的，至于菠萝，那个年月的冬天是买不到新鲜的，只能用菠萝罐头来替代。

水果罐头在那时候是礼物的标配，年节里串门或是去看望病人，都会拎上两瓶。百货商店的食品柜台上，常年摆着水果罐头。大大的玻璃瓶子里，装着各色水果，便宜点的有苹果、梨和橘子，像菠萝、荔枝这样的热带水果，就要高档点，价格贵点。精打细算的上海主妇，会挑一个贵的，再搭配一个便宜的，这样预算不多，送出去也好看。

开一个水果罐头吃吃，是很多小囡的美好记忆。金黄的橘子、嫩黄的菠萝，还有那鲜嫩荔枝，浸泡在糖水里，水晶晶的，在孩子的眼中，甚至比新鲜水果还要嗲。因为它们更甜，甜，最能俘获孩子的心。

煮好的水果，如宝石一般，润润的，加点糯米小圆子进去，一样的雪白粉嫩，再要勾一个薄薄的芡，撒上糖桂花和枸杞，于是，汤羹里红艳艳，金灿灿，煞是好看。

水果羹上来，大家都晓得，这席面是要收尾了。各家盛上一碗，一边吃一边要谢谢掌勺大师傅，忙里忙外的辛苦了，唤来也吃一碗。这时候，待客的主妇才有工夫落定坐下来，冷盘、热菜早就吃不下，唯有这甜羹还是热的，吃上一碗，再添一碗，歇一歇，也和大家再亲热地聊上一会。从昨晚就开始的忙碌，换来大家的夸奖，嘴上不说，心里还是开心的。

旧年的水果羹，念想了那么久，按着记忆再做上一份，照样放了糯米圆子，搓得小小的那种，特意找到菠萝罐头，撒上了糖桂花和枸杞。甜蜜蜜、热腾腾的一碗，安抚了肠胃。可心肝里的念想，随着香气，在继续翻腾，越来越久。

做水果羹的、吃水果羹的，还有那圆台面、高脚酒杯，以及满屋子的欢声笑语，终于明白，水果羹里永远装不满那份旧年的甜，糖水一样。

春卷皮和烂糊肉丝

菜场的王阿婆说，今年要回宁波老家过春节，正月十五前不再出来摆摊了。王阿婆几年前就说自己七十多，如今问她，还是说自己这个岁数，不知哪句是真哪句是玩笑，反正都是闲聊，没人和她较真。平日里她和儿子一起守着个切面档，卖切面也卖年糕和馄饨皮，他们家的年糕最好，说是宁波老家做法，很糯很香，那种淡淡的米香。日常这些，儿子都能打理，唯有摊春卷皮这生活，得阿婆自己来。

每到腊月，面档里就会支起一个煤球炉，上面放着块铁板，一支竹推子搁在上面，干干净净的。阿婆站在边上，一手倒勺面糊在上面，另一只手快速地用竹推子把面糊摊开。薄薄的面糊瞬间凝固，四周微微翘起，一张春卷皮就摊好了。

王阿婆做了一辈子，行云流水一般一气呵成，没有一个多余动作，也从来不会弄得到处都是。稍微有点面糊滴下来，立刻弄干净。这是个辛苦的活计，有意思的是阿婆那双手伸出来不但干净，而且白净，一点不像上了年纪的样子。

阿婆说:"米面养人的,所以年轻小姑娘哪能好不吃饭呢,吃得好才能养得好,对哦!"

春卷皮要一张张摊,王阿婆算是手脚麻利的,也要等些时间,手工活急是急不来的。立在一旁的爷叔等着有点不耐烦了,不晓得怎么无厘头地想起来插了句话,说这其实和摊煎饼果子蛮像的。

王阿婆立马眉毛挑起,一个白眼翻过去,清了清嗓子说:"侬不要这么说,这种北方东西老底子上海街头看不到的。侬自家想想,啥人家早上不是豆浆配大饼油条、粢饭糕的。羌饼倒是有,就是没有煎饼。你要说像葱包桧,那倒是算你有见识的,那皮子也是透的薄的有凝头的。煎饼好比的?那么厚,那么硬,哪能好包春卷,白白浪费了冬笋黄芽菜。"

爷叔被她说得没了声音,付了钞票,拎着春卷皮转身就走。

王阿婆继续利落地摊春卷皮,客人等在旁边,穿堂风吹过来,冷到骨头里,一个个缩着脖子,恨不得全身躲进鸭绒服里。

"先去买小菜呀,回来拿就好。"王阿婆总是这样劝客人,"黄芽菜买好了哦?冬笋记得挑支大的,笋丝多一点才好吃。肉丝么反倒不用太多,现在人都欢喜吃得素一些,鲜一点。"

或是着急赶时间，或是太冷了，有些主顾关照好数量，就先去买菜。一棵黄芽菜，两只冬笋，一块里脊肉，采买好踏踏实实转过来。一不小心买多了，会让阿婆再多添半斤春卷皮。不过这也要看运气好不好，若是等的客人太多，王阿婆会回绝的，不好让别人等太久，明朝再来买，说多少就多少吧。

"可春卷心子炒好，不包掉不要多出来的呀。"客人总想再多念叨会，一次性买好，心里踏实些。

"不就是烂糊肉丝么！当小菜吃不也蛮好，包在春卷里吃一种味道，换一种吃法又是一种味道。过日子么，总要换换花样的，对吧。"王阿婆，像个哲学家一样，样样能说出大道理，三两句就把客人给劝回去。等在寒风里的其他客人，总是相帮着她，一个劲地点头，附和着。可轮到自己，又总是想多买些回去。

就这样劝了一个又一个，一直到傍晚收工。冬天的太阳下去得早，五点多天就黑了下来，菜场里的灯发着黄澄澄的光，照得人也懒洋洋的。王阿婆和儿子收拾好，打烊回家。炉子灭掉，铁板擦干净，那个竹推，照样搁在上面。

路上遇见老主顾，问王阿婆春节后什么时候再回来。

"其实是想在老家住段日子的，儿子让我不要再做了。你们惦记我，那我就一定早点回来，吃了汤团就回来。"王阿婆一边说一边把围巾拉拉高。那条枣红色的羊毛围巾，她戴了很多年，说是家里老头送的，她最欢喜。

第二天是年前最后一天开工，王阿婆一早就开始调面糊，做春卷皮的面糊要筋道些，透明些，今天客人多，一定要多调些。那条枣红色的羊毛围巾，包好放在一旁，换了条灰色的，王老婆说这条也是老头子送的，旧了也舍不得扔，做生活的时候围。

"他说，今年再帮我买条新的。小姑娘，你说现在流行什么颜色什么款式的？"

塌菜有福泽

吃塌菜的日子，总是一年中最冷的时候。上海冬天的菜场最让人期待的就是塌菜了，如同服装店里的新款上架，不过这是一年中的最后一次了，再有时鲜菜的时候，就是又一个轮回。所以塌菜一来，说明"年"就不远了。

西北风一起，菜场里的蔬菜也跟着换了批颜色。黄的更黄，绿的更绿，从青菜到菠菜，统统不再是那种嫩绿的鲜亮色，开始变得深沉起来，好似这天气，厚重得有点分量。塌菜是绿叶菜里颜色最为深厚的，那种墨绿色，如同调不开的颜料，厚厚地堆积在那儿。你说它是绿也行，是黑也行，国画颜料中，墨绿本不就是石绿加上墨，调一调么。

塌菜的模样有点好看，比花菜还像花，而且是那种开到荼蘼时的花朵。一层层均匀舒展着，似乎看得出它慢慢生长、绽放的样子。菜心娇嫩，越到外面的叶瓣，越粗壮肥厚。植物和人一样，哪怕早已经历风霜，成年许久，总还是有颗柔软的内心。只不过塌菜展露着，而人心却不太容易让别人看到。

和塌菜最般配的是冬笋，时鲜配时鲜，相当地门当户对。和塌菜的坦诚相见不一样，冬笋是得层层剥开，才能见到内秀，一颗真心守得十分牢靠。不过，再疙瘩的脾气，碰上真爱，也是能相容的。不用放下身段，互相迁就，就是你有你的味道，我是我的腔调，合在一起就刚刚好。冬笋，鲜里带着一点回甘，借一点塌菜里的苦味，妙也就妙在这里，不多不少就是"江南"的味道。选个白瓷碟子，不要任何花纹的那种，一白到底的，如同画布一样去衬它们，一个碧绿生青，一个玉色温润，江南的春讯，不在枝头，而是最早绽放在餐盘里的。

上海人把塌菜，叫成"塌苦菜"，一来这菜吃起来确实有点苦茵茵，虽然没有苦瓜的味道那么浓烈，但也会让人的味蕾留下记忆。吃苦，总是比甜，更让人记忆犹新。二来塌苦菜有着"脱离苦海"的寓意，配上"节节高"笋，塌菜炒冬笋就成了春节家宴上的如意菜，希望能讨个好口彩。大年夜的时候吃上一口，逃离去年的种种不如意，开始一年的和顺安康。寻常人家没有太多的奢求，也就期盼日子能过得舒心些，少些烦恼。所以把很多的希望都寄托在一日三餐里。平常日子的菜蔬讲究点营养搭配，五味调和。逢年过节的，自然就要再增加些寓意，所谓仪式感，也就是这样，菜还是那菜，但吃下去，平添了一份祝福。

四喜烤麸里的金针菜是打个结的

算算时间，是该做烤麸的时候了。隔天小年夜，后天大年夜，还有初一的中午、晚上，四喜烤麸总是不能少的。过年再创新再改良，这些老底子传下来的小菜，是一定要的。如今电视里、新闻里天天讲传承，要主妇说，能把这日子过过好，节日里该有的小菜烧烧好，就是传承。也难，也不难。

烤麸这东西蛮有意思的，明明是用面粉做的，可偏偏放在豆制品摊头，和豆腐、素鸡、百叶结在一起卖，而且多少年一直没有变过。哪怕是在超市，也是和它们做邻居的，顶多就是从散装变成小包装，然后被放进冷藏柜里，什么时候去看它，都是冷冰冰、凉飕飕的。不过也好，能保存时间长一点，烤麸弄不好，很容易馊掉。一发酸一发黏，也就不好吃了。

春节前备年货，每天都要去菜场，标配是一次，忙起来，来回跑个两三趟也是常有的。买了冬笋，忘了京葱，那不就得再跑一趟，还有茴香呀，花椒呀，也用起来蛮伤的，弄到一半不够了，就得喊小囡去"奔"一趟。对的，是得奔，笃悠悠地来回，万一再"外插花"看两眼西洋镜，那锅里的肉可就等不及了。

反正要买百叶结、油面筋，那烤麸就一起挑一块吧。最外面的不要，最上面的不要，要中间那块，卖相好些，嫩气些。烤麸放在外面时间一长，容易风干，就跟缺了水的皮肤一样，怎么看怎么不舒服。一样挑么，总要挑一块灵一些的，弹性好些的。相亲、招聘、买菜都一个道理，先看眼缘，再谈内心。没办法，大家都是凡夫俗子，谁也免不了这个俗。

挑好了烤麸，还要到南货铺子去一下。这种铺子总是在菜场的最边上，铺面不大，堆得满满当当的，天上地上都是东西。也是有意思，倒是一点也不乱，客人要买什么一眼就能看到，或是问声老板，一应声就能帮你端到眼门前，而且每个品种还有上中下不同的档次，随便你选。熟门熟路的生意，做起来也方便。烧烤麸是要配点干货的，香菇、木耳、黄花菜。这些泡发好后，烧在一起才鲜，否则淡呱呱的，只有酱油味道。

烧烤麸的香菇不要大，那种金钱菇最好，小小的个头，秀气一些。木耳也是，要小朵但要肥厚。还有黄花菜，又叫金针菜的，上海人叫得嗲，"金金菜"。左右手都拎着小菜的主妇，站在铺子门口，嗲声问句老板："金金菜有哦？称一点!"老板不打一点嗝愣,放下手边的活计,马上搬出最好的干货来,随你挑。对了,还有花生米,要那种红衣的大粒头饱满的,也称上一点,这就凑齐了四样,才是四喜。

烤麸、香菇、木耳、花生、金金菜,到了家后,在厨房里一字排开。该洗的洗,该泡的泡,烧烤麸是要费些功夫的。香菇、木耳放在温水里慢慢泡发就好。花生复杂点,要把花生衣去掉,一粒粒弄;还有金金菜,泡软后要打上结,一根根弄。平日里这些事情倒也不算什么,手脚快的主妇站在厨房里一会工夫也就搞定了。可年下实在是事情太多太忙,一天站下来也确实吃不消,敲敲背,舒展一下,还有好些要弄。

端到客厅,叫上小囡过来帮忙。寒假里的孩子,还是能派上用场的。来,搬个凳子过来,边看电视边做点事情。在没有手机的时候,寒假作业也不多,过年前的那几天,小囡最是悠闲,看看小人书,看看动画片,做些家务事情,也是开心的。那些烧好的小菜,总能第一个吃到,这种时候吃上一块两块的,味道最好。等到大年夜的时候,摆满了圆台面,倒是没那么多吸引力了。

年前的晚饭总是简单点,匆匆吃好,要省出时间来备年货的。洗好碗筷,再把煤气打开,起油锅,开始烧烤麸了。有大师傅说烤麸不要用刀切,手撕的才更入味。可那种随意的样子怎么看怎么不舒服,哪有四四方方、玲珑秀美的模样，看起来清爽。所以他归他说，自家该怎么做还是怎么做。烤麸油里煸炒好，放香菇、木耳、花生，还有打好了结的金金菜，在浓油赤酱里慢慢笃上一会。也就一会，那种甜腻的香气就飘出来了，开盖收汁。

烧好的四喜烤麸装在搪瓷烧锅里。锅太大，冰箱里又塞满了东西，放也放不进去。那就把厨房的窗开条缝出来，西北风一吹进来，立马让人冷得直发抖，上海的冬天，屋子里是没有暖气的，这小菜放上两天完全没有问题。

第二天早饭的时候，用双干净的筷子拣一小碟出来，尝尝看，今年的烤麸味道如何。调皮的小囡总是先夹一根金金菜，因为那是她帮忙弄的。爹妈当然夸奖，一道说烤麸味道好，全是囡囡的功劳。

新年里黄豆芽是如意的，新年也如意

一年到头，其实人的愿望也就那么一些。身体健康，顺心如意，做生意的希望生意兴隆、财源广进，求学的盼着文曲星保佑，学业有成。逢年过节的时候，香要烧，菩萨要拜，吉祥话是说多少遍都不嫌多的。心愿，也就在这一遍遍的念叨中，慢慢实现。日子么，总是要有个盼头的，新年伊始，总是比去年，更有希望。

于是，在喜气的日子里，家常小菜也能变得灵巧起来，担着各种好彩头。平日里黄豆芽，炒也好，入汤也好，都不是什么稀奇的事情，可年下，它就不一样了，那几天，它叫"如意"。那种玉的，玛瑙的，雕着花、雕着朵的，供在博物馆里的如意。想想倒也是有几分像，圆圆的豆，修长的芽，也是有些灵气的，模样配得上"如意"二字。

另一样是油豆腐，盼着富裕的人家，就许它摇身变成了"金砖"，四四方方，黄澄澄，油浸浸，面相极好的，自带喜庆。老底子，家境好的人家，总有些压箱底的东西。珠宝首饰，变现慢，红木家具又难带走，只有大小"黄鱼"是硬碰硬的，大数目的存在银行保险箱里，要么花旗要么汇丰。小分量的放在身边好应急，兵荒马乱的日子里，一根"黄货"是能换性命的。

金条、金砖、金元宝，不管是小门小户还是显贵人家，总希望能有点傍身。大富大贵看天意，但求个温饱太平，也不算贪婪，想想菩萨也是不会怪罪的。

就这样，年夜饭里黄豆芽和油豆腐炒在一起，就是最得人心的如意菜。水灵灵的黄豆芽，配着油豆腐，在一片大鱼大肉里，倒也显得清爽。长辈总要关照孩子们，如意菜要吃点的，吃了这个菜，明年会有好运道，桩桩件件都如意顺心。这年月，如意顺心多重要。那会子，不说心情好，叫心情舒畅。心里没有什么事情堵着，腰杆子能直起来，不用低眉顺眼地看人脸色，就算是好日子了。

看惯岁月的老人家，知道什么叫好。年夜饭上，不会去数落那些不好的过往，只张罗着让家人多添些喜气，来年的日子，多少能更好过些。其实不单是除夕，在冬至祭拜先人的时候，也会烧一个如意菜，供在那。菩萨总是太忙了，还是让自家的老祖宗辛苦点，在天上保佑儿孙们。烧几道小菜，点一炷香，念念故人，念念过往。抹了眼泪，再继续忙年，故人去了也就去了，儿孙家人在身边，日子总还是要往好里过。

冬至炒一盘，大年夜炒一盘，正月十五元宵节的时候再炒一盘。凡是家人团聚的时候，总是想台面上有这道如意菜，听两句舒心如意的话。天太冷，这时候风凉话就不要来凑热闹了。

只不过，这黄豆芽炒油豆腐的烧法，我小时候倒是从来没见外婆弄过，不管是平日里还是年节里，都没见过。自家做了新嫁娘，才慢慢看到有这小菜的。仔细问问，才晓得原委。这是本地做法，而住在浦西上只角的外婆，顶顶看不上这些。台面上要么苏州菜，要么京派菜，外婆娘家苏州人，外公生在北京，住了一辈子上海，还是一口京腔。至于这本地话，本地菜，本地人，统统难进家门。上海人的心思，有时候很宽，巴黎、伦敦、连白俄，都能容得下。可有些地方又很计较，一道黄浦江，就成了天堑。

慢慢地江上有了大桥，江下通了隧道，上海小囡的上海话各个都讲得十分搭僵，分不出哪个正宗，哪个洋泾浜。本帮、本地，浦东、浦西，好像也不太有人刻意去区分了，咖啡、大蒜这种笑料都过了气，谁还再去顾这些旧掌故。

有一天，囡囡回来说，学校里常吃一道这样的小菜，味道也是不错。第二天的餐桌上，就多了这道黄豆芽炒油豆腐，她的外婆，我的姆妈炒的。边吃，边添两句闲话，家常便饭，也能如此，如意。

好在还有鸡汤面

年才开了一个头，可肠胃已经有些吃不消了。望着那些冷盘、热炒，就开始打这饱嗝。人其实蛮有意思的，很多时候对美味的想念更期盼些，想着它的滋味，想着它的口感，外加想着品尝时候的场景，这种感觉是最好的。就是凭着这一波又一波的念想，才让年前的准备工作有了动力。可真当一切都筹备妥当，年菜上桌时，好像又突然没了胃口，看着红烧、清蒸，样样都觉着理应是那样的，情理之中，稳妥得很。这一顿又一顿，一盘又一盘，一味又一味，如此这般，来上几轮，就开始有些厌倦了。

可终究是在年里，精神头总要打起来，强撑着招呼亲眷宾客，再吃上了一餐。晚上回到家里，真真撑不住了，别说吃，哪怕是想到那圆台面，就要开始泛酸水了。这一餐要歇歇，这胳膊腿要松快一下，不能再拘谨着，还有那肠胃，也要清爽一下，不能再这么折腾了。

厨房里还有一锅鸡汤，有它就好，其他的都可以不用再准备了。打开煤气，把汤热起来，没多久，房间里就飘荡着一股香气，暖暖的。取一支龙须面，那种细细的面，小小一支，就够了。另烧一锅水，不大的一口小汤锅，一会工夫水就开了，翻滚着细碎的浪花。把面放下去，筷子轻轻拨动，左一下右一下，面慢慢散开，泛着涟漪，汤也渐渐变得浓稠起来，面汤刚一混，面就可以捞起来了。银丝挂在筷子上，顺滑地落进碗里。盛面的碗要大些，哪怕只是一小支面，也得一个宽敞的碗才好，宽汤细面，这面才有吃头。就像人要住在宽敞些的房子里，才能舒畅。否则整日窝在螺蛳壳里，手脚缩着伸不开，这心思呀眼界呀，早晚都要缠在一起，乱麻一样，理也理不清楚，慢慢地就拧成一个死结。

宽汤，自然是那鸡汤，丰腴的，黄澄澄的。小心地撇去那层油，小心翼翼地把清鸡汤盛到面碗里，盛到二分即可，不用满，留下一分是给面的。当面落下后，那一碗丰腴，变得倒是轻盈了些，像是调开的藤黄颜料，晕染起来更顺手，染个山石也好，染个鲜果也可，淡淡的，润润的，轻重缓急都由着笔锋游走。

把面端出来，定定心心地吃。吃鸡汤面急不得，汤碗里看起来波澜不惊，其实内里却是烫心烫肺的，若是拎不清的，一大口吞下去，那真心要烫出问题来。从舌头到喉咙，从心到肺，能把人的魂灵都烫出来。问问看，哪个小囡小时候没被烫过，这种哑巴亏，吃过一次记一辈子。可总是还来不及告诉自家小囡，那小人就已经心急得喝上一口，眼泪水滴答滴答下来，一股作孽的样子。

挑起一筷子面，欢喜这种龙须面。上海人做生日的时候，用它下长寿面，面色好看不容易糊，吃起来味道又好，主要是细巧。什么切面、蒸面，一碗下去早就吃得蹬牢，哪还有胃口吃其他的。长寿面么，吃个感觉就好。

一样，胃口不好的时候，这面也就是吃个感觉，垫垫肚子而已。挑起两三根，吃上一口，喝一勺鸡汤，胃似乎暖了些。再挑一筷子，再喝一勺，胃似乎又舒服了一些。慢慢吃，一筷子再多一筷子，身体跟着肠胃一起苏醒过来。

边吃边盘算着明天的事情。没到十五，总还是在年里，早就定好的那些聚餐也还是要接着张罗，人家也总是要走的。那些冷盘、热炒，再厌倦，总还得再吃上一些，场面上得过得去。

是呀，再怎么说毕竟还在年里。

好在，那锅鸡汤还丰腴着，明日热一热，还能再煮上一次面。别担心，两碗也足够。

城隍庙里的兔子灯，才是新年吉祥物

正月里，拿好压岁钱的孩子，就开始期盼兔子灯了。老底子的年，要从除夕一直过到元宵，其实都不止。俗话说吃了腊八粥，便把年来忙，从那时起，日子里就开始有了年味。大人们一趟一趟地买东买西，每天都从菜场里一篮子一篮子地拎回来，重是重得要死，放下篮子直起身，总要敲敲背，甩甩胳膊，顾不上喝口水，继续忙。就这么一直忙到除夕，好不容易坐下来吃顿团圆饭，第二天又要早起，家有长辈同住的，有人要来拜年，总要把屋子收拾妥当，糖果花生要装好，还有那盆水仙花要摆在茶几上，小年夜就开了好几朵，香是香得不得了。

不过这些小囡不管，反正有新衣服穿是开心的，新鞋子，新大衣，连辫子上的头花也是新的，一个漂亮的红色蝴蝶结，跑起来一颠一颠的，像是飞起来一样，特别好看。女孩子最欢喜这种小东西，打扮得漂漂亮亮，到哪都让人欢喜，大人们会夸，像洋娃娃一样。

穿着新衣服，口袋里装满压岁钱，小囡就开始催着大人，一起去城隍庙。新年里城隍庙人山人海，顶顶热闹，有去烧香拜拜城隍爷的，有去走九曲桥求好运道的，还有就是去轧个闹猛的。大年下的，还是闹猛些好，排个队挤一挤也是开心的。否则都捂在家里，那些新衣服、新首饰、新做的头发给谁看呢。

城隍庙里除了有城隍爷，还有各种各样的铺子，走几步就能看到卖花灯的。过了除夕，商家和孩子一样开始期盼正月十五，早早地备好了灯笼，挂在那等客人来挑。元宵节城隍庙里是有灯展的，里面到处都是灯，什么八仙过海啦，七仙女啦，西游记啦，大大的一组一组摆在那。白天看起来没什么意思，到了晚上一亮灯，就不一样了。上海人欢喜洋气时髦，可到了春节，就不再嫌弃这些红红绿绿的颜色乡气。什么绣球宫灯，走马灯，配着织锦缎的棉袄，龙凤团花，葡萄纽盘扣，灯光打上去，亮闪闪的弹眼落睛。女人什么时候都是要比的，灯光下，也能看出谁的衣服面料细腻，做工好。

看花灯的孩子们一手打着灯笼，另一只手要牵在大人手里，哪怕出了手汗也不能松掉，人太多太挤，一不留神就要走失的。所以这时候，兔子灯是没办法拉的。

在孩子的心里，兔子灯是所有灯笼里的极品，比灯会上的任何一个灯笼都嗲。那八仙过海是好看，五颜六色的，还会动，可它们都站在水里的，只能隔着九曲桥远远地看，碰也不能碰。小孩子看到好看的东西，都想要去碰一碰，比如花开了要去碰碰看，是不是真的；小菜烧好了，也想碰一碰，最好再拈一块尝尝，当然肯定是要被大人打手的，还要被说上句"馋痨胚"！反正，不能碰不能动的东西，再好看都少了兴致。

可兔子灯不一样，买回来后，它是属于自己的，想怎么玩就怎么玩。扎兔子灯要比一般的圆灯笼费功夫，里面那个竹篾骨架要扎得好，兔子灯才好看。小小的头，圆滚滚的肚子，外面再糊上白色灯笼纸，粘上去剪得碎碎的流苏，兔子灯就毛茸茸的，底下再配上轮子，兔子灯就可以跑起来了。

小孩子站在铺子里，仰着头，看着那些灯笼，一个个都很好看，都很喜庆。有的上面画着生肖，老板会问："你属什么的？挑一个自己的属相吧，要么挑一个小老虎的，今年虎年，不是蛮好的么？"说着就取下一个老虎灯，送到孩子手里。小囡一个劲地点头，就是不做声，人家早就有了主意，是要买一只兔子灯的。不管今年是虎年还是龙年，在孩子的心里，兔子灯就是最好的。

兔子灯总是要贵一点的，小囡按了按口袋，看看红包还在不在，里面的压岁钱已经数了好几遍。算一算，买了兔子灯还能剩下多少，够不够再买点新文具的，比如那种带香味的橡皮，上面的印花纸有很多图案，还有双层的铅笔盒，总之压岁钱的用场是早就盘算好的。

一边看着兔子灯，一边回头看看大人。新年里，孩子的心愿总是要满足的，再说也不是什么大事情，一个兔子灯再贵也有限。帮着挑一个好的，顺便再和老板还个价钱，去掉零头，凑个吉利的数字，大家各自开心一下，道声恭喜发财，兔子灯终于交到孩子手上。至于那压岁钱，自然还在小囡口袋里，大人只是开玩笑而已，哪有真让孩子掏钱的道理。自家辛苦，到来头还不是为了小囡。

　　伸出一只小手让大人牵着，心满意足地回去了。一进弄堂口就听到邻居阿婆的招呼："呀，又买兔子灯啦。今年的这只蛮漂亮的，眼睛还会动的嗟！"是的，这是只最新款的兔子灯，眼睛会动的，不像前两年的还只是画上去的。这只更神奇更像真的了。

　　盼呀盼，终于盼到正月十五，吃好团圆饭，吃好汤团，赶紧冲出去，要拉兔子灯了。弄堂里早就热闹得不得了，烟花爆竹声时不时地响起来，小孩子都打着花灯出来了。把兔子灯放在地上，点亮蜡烛，昂首挺胸地拉着它往前走，在小伙伴的羡慕中围着弄堂绕上几圈，这时候总觉得弄堂好短，一圈一会就绕完了。路上碰到也拉兔子灯的，大家停下来互相看看，比一比，看看谁的灯更大更新，然后再各自走开。

　　弄堂里的地面高低不平，兔子灯的轮子滚起来咯噔咯噔的，灯里的烛光也跟着摇晃着。远处传来哭声，刚刚碰头的那枚兔子灯翻倒了，蜡烛点燃了灯笼，烧了起来，小朋友伤心了。

慢一点，再慢一点，小心一点再小心一点，终于坚持到了楼下，小心翼翼地吹灭蜡烛，捧着上楼。和大人商量好，明天早点做完作业，正月十六的晚上还可以再出去拉一会兔子灯。

然后，兔子灯上盖上申报纸，就被放在柜子上，等到明年的元宵节再拿下来。隔壁人家的小囡说他明年也要去城隍庙买一只兔子灯，只是不知道，到时候还会不会出更新的样子。谁知道呢，明年的事情明年再说吧。

酒酿圆子的岁岁年年

《红楼梦》里，元宵家宴上凤姐讲完那个聋子放炮仗的笑话后，补刀说："第二天就是十六了，年也完了，节也完了，哪里还知道底下的事了？"众人皆笑。是呀，年节的热闹在正月十五就该结束了，月上树梢，人约黄昏，当一碗桂花酒酿小圆子端上席面的时候，就是华曲的休止符，吃完，曲终人散等来年。

上元夜，家人团聚，把年夜饭的热闹场景尽可能地再现一遍。早先备年货的时候，总是往多里备，一个春节下来都还有富余。腌制的鳗鲞是还能再蒸上一盘的，糟货钵头里的存货做一个拼盘绰绰有余。四喜烤麸吃完了，那就再烧上一份，还要再做上一盘蛋饺，全家福暖锅里还是要铺上一层的。元宵的席面总也得图个彩头，这才算有始有终。当然，这天汤团是要吃的，或是早上，或是下午点心，芝麻猪油馅的，甜甜蜜蜜团团圆圆。那么晚上，就好换个花头，搓一盘小圆子，小小的珍珠一样，不用包馅进去，就吃它个糯性。

小圆子要配酒酿，如同塌菜配冬笋，苹果配肉桂一样，天生就是配好的。分开了，彼此都少了灵性，在一起才能相得益彰。缘分这事情，就是这样，也许找了千百回，蓦然回首，那个他就在灯火阑珊处。酒酿，冰的时候甘甜，一加热，酒香立刻升腾起来，发酵后的糯米粒本就丰腴，在热汤汁中散开，更是恣意。酒酿汤底需要勾一个薄薄的玻璃芡，让它变得黏稠一些，这样吃口更好，小圆子漂浮在其间，更有存在感。试过很多种玻璃芡的调法，家常用的还是藕粉好些，冷水调匀，小火冲调下去，慢慢地让它翻腾起来，力道要不重不轻，速度要不慢不快，宛如砚台上磨墨一般。

每次煮酒酿圆子的时候，总有种腾云驾雾的感觉。人家李白斗酒诗百篇，厨娘微醺中也有诗意，只是不落于文字，一切化为吃食，行云流水一般，将其完成。

厨房间煮菜是得行云流水，否则稍一怠慢，酒酿煮过头了发酸，圆子煮过头了粘牙，所以酒可微醺，而不可真醺。

酒酿小圆子煮好，最后的工序就是撒桂花了。秋日的金桂收好，腌渍成糖桂花，这个时候正好开封，舀一勺落进汤羹里，慢慢散开，碎金点点，带着股子甜腻腻的香气。

秋的香甜，冬的软糯，都融在这碗甜羹里。桂花酒酿小圆子，是年的尾声，也是春的序曲，吃好它，开启新一年的日常与美好。

小寒

冬日岁朝南天竹，

煮豆成粥，

腊月风和意已春。

冬至

佛手清供长日至，
汤圆香糯，
数九消寒待春风。

大雪

银台水仙花不语，

红泥小炉，

夜长稚子添书课。

小雪

悬铃落木萧萧下，

冬衣细软，

慢煮甜羹成新赏。

立冬

细雨生寒未有霜，

花雕温吞，

慢品羊肉飞落叶。

霜　降

霜叶红于二月花，

好柿成双，

银杏金黄栗子香。

寒露

采菊东篱似陶家，
霜清蟹肥，
重阳登高思故里。

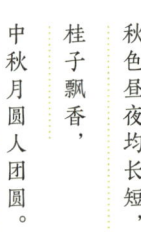

秋分

中秋月圆人团圆。
桂子飘香，
秋色昼夜均长短，

白露

蒹葭苍苍白露霜，

暑气婉转，

秋月渐满故乡明。

处暑

葡萄架下添新凉，
温酒淡茶，
姑苏人家水八仙。

立秋

梧桐叶密闻蝉声，

乘凉咬秋，

何愁暑散贴秋膘。

大暑

三伏莲子清如水，

西瓜生脆，

绿豆汤甜薄荷凉。

小暑

香莲碧水动风凉，
轻罗小扇，
花睡人静夏日长。

夏至

栀子白兰茉莉香，

日长夜短，

馄饨冷面糟味浓。

芒种

黄梅时节家家雨，
粽叶清香，
菖蒲艾草话端午。

小满

梅子金黄杏子肥，
江河渐满，
农家煮茧绿阴长。

立夏

蔷薇满架蛋笼俏，

芍药残红，

豌豆糯米煮饭香。

谷雨

文藤往岁手亲插，

粉墙黛瓦，

明前雨后新茶绿。

清明

玉兰付与解语人，

艾草青团，

忙趁东风放纸鸢。

春分

海棠依旧未卷帘，

芦芽正短，

春到溪头荠儿俏。

惊蛰

桃花人面相映红，

灼灼其华，

春雷惊醒乍还寒。

雨水

杏花深巷听春雨，

烟柳绿杨，

鱼灯夜放阑珊处。

夏至养生以养心为主。

红豆粥，

粥是养心佳品，